文芸社セレクション

小説　ビアク島

東　洵

AZUMA Makoto

文芸社

目次

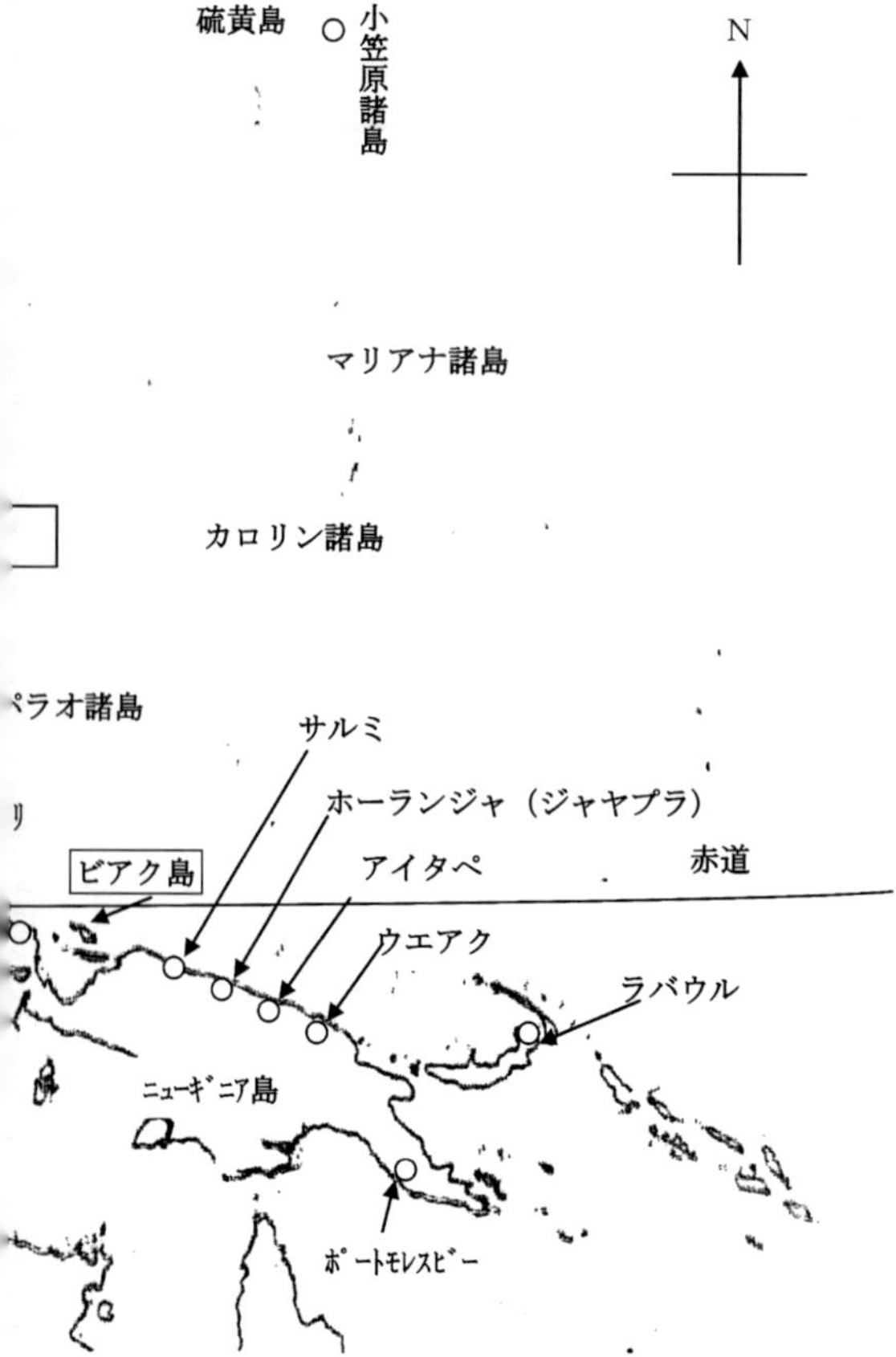

硫黄島
小笠原諸島
N
マリアナ諸島
カロリン諸島
ラオ諸島
サルミ
ホーランジャ（ジャヤプラ）
ビアク島
アイタペ
赤道
ウエアク
ラバウル
ニューギニア島
ポートモレスビー

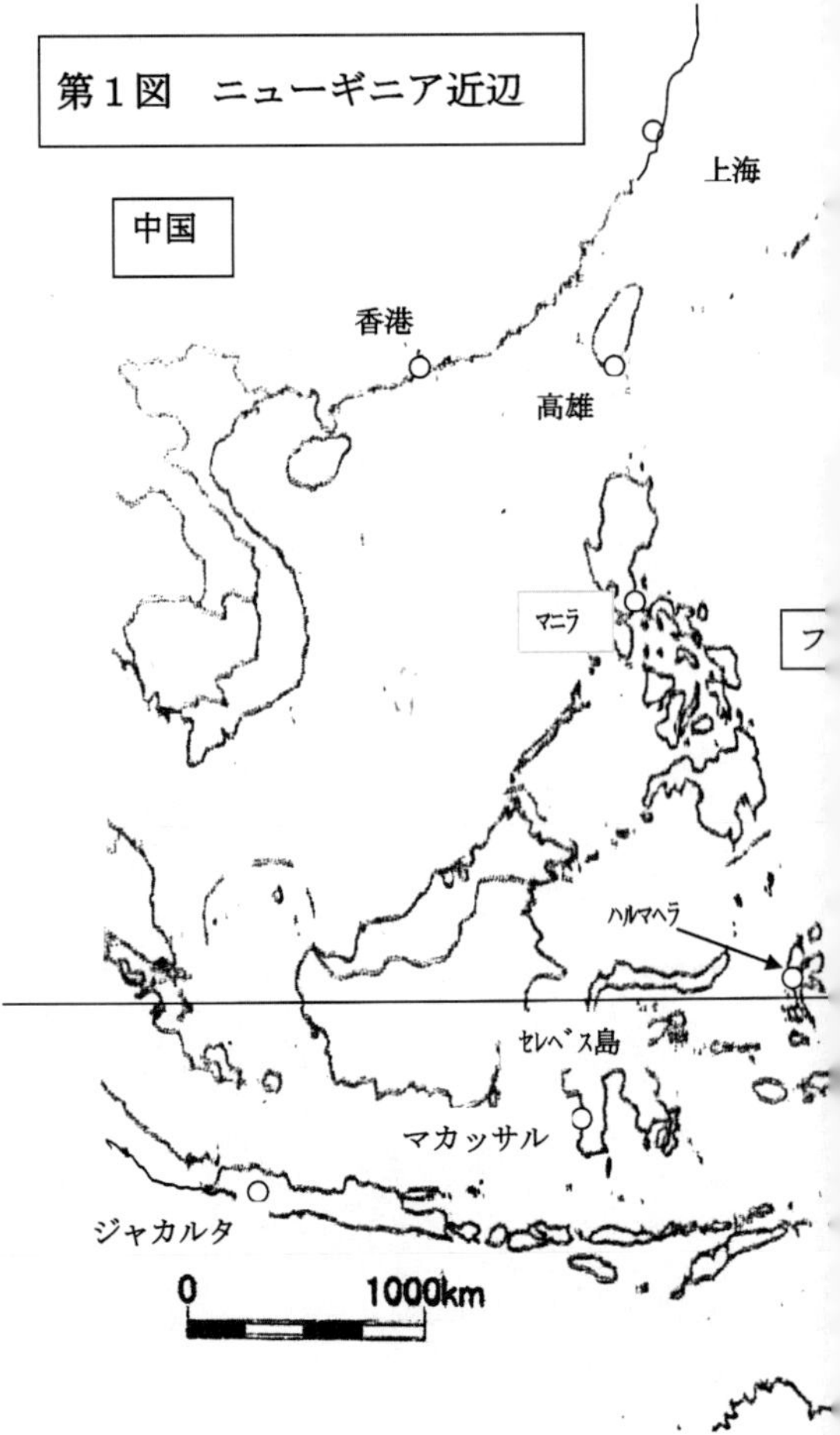

第１図　ニューギニア近辺

第2図　現地西洞窟の入り口（著者撮影）

第3図　モクメル坂より飛行場を望む（著者撮影）

第4図　終戦直後の南海電車難波駅付近

第5図　上空から見たワルド河（著者撮影）

一　輸送船

昭和十八年（1943年）十一月初め、彼は台湾高雄《たかお》からフィリピンマニラに向かう陸軍輸送船の中にいた。
行先は南方としか聞かされていない。マニラは最終の目的地ではないようだ。三隻の輸送船に第三六師団の第二二二連隊の将兵三千八百十二名が、武器、弾薬及び食糧と共に詰め込まれている。

このうちの健和丸は全長五十三メートル、排水量五〇〇〇トン余りの船である。ここに武器、弾薬、食糧及び千二百名余りの将兵が乗っているので、かなり窮屈である。

この頃になると日本の陸海軍が保有する輸送船の船腹は激減していた。

しかも昭和十七年のミッドウェー海戦に続くソロモン沖海戦やビスマルク海戦で主力の航空母艦、戦艦を失った海軍は輸送船の護衛も十分に出来ず、この三隻に対して一隻の駆逐艦がついていただけであった。
以前からそうであったが、軍は戦艦、空母や駆逐艦などの戦闘艦の建造には熱心であったが輸送船や補給艦などの補助艦には重きを置かず、物資の輸送手段の確保は重要視していなかった。そこまで手が回らなかったというのが本当の理由だったかもしれない。

このため、いきおい民間の商船を徴用して、急遽改造したものが多かった。この健和丸もそうである。

戦闘艦でないだけに船殻《せんかく》は薄く、エンジンも大馬力のものはない。大型エンジンを組み込むためには船体を切断しなければならず、そこまですると新造船より手間と金がかかるため多くはそのままである。したがって最高速度でも一二から一五ノット（時速二十から二十四キロメートル）程度しか出ない。

これでは敵の駆逐艦や潜水艦あるいは高速の魚雷艇に見つかれば逃げ切れず魚雷の餌食になるだけであった。事実、一日遅れで出発した輸送船一〇隻はフィリピンに向かう途中ですべて沈められた。

そのためこの船には最低限の装備として、高射砲や重機関銃を付けていたが、武器はその程度である。何よりもより多くの物資と兵員を積むための改造が優先され、基本的な部分にまで手を加える余裕はなかった。

この船は甲板より下は三層構造になっており、一番下（一床《いっしょう》）はエンジンと、その左右には飲料水の貯槽も兼ねたバラストタンクがある。

その上の二床の船首側にはドラム缶に入った燃料と、食糧と弾薬などが木箱に入って積み上げられている。同じく二床の船尾側は軽戦車、高射砲、排土車や大発（上陸用の舟艇）等が収められている。

この船尾の部分だけは荷物の出し入れ用に甲板まで吹き抜けになっており、甲板上に二基のデリック（回転出来るクレーン）が備えられている。

二床の残りの部分は三床を増設し、二、三床が下士官以下の居住空間になっている。甲板より上は将校の部屋である。

下士官以下の居住区は狭く、小さな食堂のほかは、すべて急拵えの寝台である。

その寝台は三段になっており、長さは二メートルほどはあるものの、幅は七十センチメートルほどでかつ高さは上段を除き六十センチほどしかないため、中段と下段は座ると頭がつかえる。このため寝台上ではすわることができないので、半身の状態で横になり、ゴロリと通路側に転がり出る。二段目の人間は梯子に掴まりながら転がり出る。個人の背嚢《はいのう》と雑嚢《ざつのう》は頭の近くに置く。まくら代わりである。

トイレは三床に置けばよいのだが寝台を置くスペースが制約されるのと、臭いが漂うのを避けるため甲板上に設置している。前後と左右にそれぞれ六個ずつある。千二百人に対して二十四個だから混み合う。特に朝は大変である。甲板下より登っていくのだが、雨の時はずぶぬれになっても並んで順番を待つ。

甲板上の海水タンクからの水で洗い流す。したがって一応、水洗である。排水は汚物とともに海に垂れ流す。このため沿岸付近では原則としてトイレは使用禁止となっている。

将校用は、上部の船室にもともと商船のときについていたものを使っている。

寝具は毛布一枚だけである。

中国の上海を出るときはまだ寒かった。

臨戦態勢を取っているので、着のみ着のままで寝ているが、それでも寒かった。

台湾に近づくにつれて少しずつ暑くなってくる。

高雄に着く頃には上着も不要になってきた。

このとき、敵の潜水艦が近づいているという情報が入り、高雄で足止めを食った。上陸はしなかったが兵士は静止した陸地を見ているだけで、束の間の心の安らぎを得た。海の上にいると四六時中、揺れているせいか落ち着かない。人間はやはりどっしりと静止した大地の上にいなければならないようだ。

ここはもう南国である。

まぶしいほどの光が満ち、吹く風も暖かい。

ヤシの木やビンローの木が見える。

十一月というのに白い半そでのシャツを着た人間が歩いている。

待機は一日だけかと思っていたら、ズルズルと遅れて結局三日遅れで出港することになった。

航海中でも船内での訓練はある。

朝は早く、起床のあとは点呼、建国体操、軍装点検、軍人勅諭《ぐんじんちょくゆ》の斉唱、掃除と兵器の操作訓練である。甲板上では一斉に行うだけの場所がないので交代でやる。

普段は薄暗く、饐《す》えた空気の漂う船倉に閉じ込められているので気が滅入る。

この甲板上に出られるときが、一番気晴らしが出来る。

晴れていれば一面の大海原を見ているだけで気が晴れた。

しかし、甲板に出ると船尾からの白い航跡が気になる。

なぜかなかなか消えていかないような気がする。

敵の飛行機からならすぐに分かりそうである。


食事も交代制である。しかも早くしなければならない。次の組が後で待っているので飲み込むようにして食べる。

食事はにぎりめしと干し魚にタクアンだけであるが時に味噌汁がでることもあった。しかし量は少なくいつも腹は減っていた。


水は貴重で一日に飯ごう一杯分しか支給されない。これで顔を洗ったあと、身体を拭き最後に下着や靴下を洗う。と言っても石鹸は使えないので水洗いだけだ。

小さな洗面所しかないのでここも混み合う。寝台の横にぶら下げて干すが、生乾きのまま着ることが多い。衣服の臭いか、それとも部屋の臭いか分からないがとにかく臭う。お互い臭うのだ。くさい。

食事と訓練の時以外は寝台にもぐりこむ毎日である。

上海の訓練から一か月半あまり、共に過ごせば話もする。

断片的ながらお互いに故郷の話や戦争体験などを知ることが出来た。

皆それぞれに様々な人生を生きてきている。

彼、泉田行雄《いずみだゆきお》伍長は大阪市の出身で明治四十四年（1911年）生まれで今年三十一歳になる。

徴兵検査は昭和六年に受けた。昭和六年といえば満州事変が起きた年である。

当時は高名な思想家が中国大陸への進出を声高に叫び、多くの新聞や革新政党までもが賛同していた。世界恐慌の波が押し寄せ、街には失業者があふれて暗い雰囲気が漂っていた頃である。市場の拡大と資源の確保のためには中国大陸への進出が手っ取り早かった。中国の東北部は事実上、清国の手が及んでいなかったからである。広大な土地と豊かな資源が手つかずで残っていた。

勿論、欧米列強も同じことを目論んでおり、利害は競合していた。彼らは国際連盟を利用して日本への圧力を加えてきた。欧米の主張は日本の進出を侵略と決めつけていた。自らは多くの植民地を支配しているのにである。背景には黄色人種への蔑視《べっし》があった。

日本はアジア解放、八紘一宇《はっこういちう》を建前にしていたが、はたしてどこまでが本気であったか。お互いに本音は利権獲得であった。

日本への石油供給の削減が強くなっていく。この頃の石油資源は多くがアメリカに依存していたからアメリカを敵に回すのはまずかった。欧米は経済封鎖をすれば日本を押さえつけられると考えたが、日本では逆にこれをはねつける言論が大きくなっていった。国民の間には冷静な判断がなく神国日本を侮辱しているといった感情論が跋扈《ばっこ》した。

国内に「戦争辞さず」の雰囲気が醸成《じょうせい》されていった。国全体が戦争遂行に向けた世論が沸騰していた時期である。

彼の若い精神が志願兵への道を歩ませた。

世論に同調したのである。まだ二十歳になったばかりであった。

家業は請負業である。今でいうところのゼネコンだが規模は、はるかに小さかった。大工仕事を中心に左官やブリキ工事などの雑工事をすべて引き受けていただけである。木造家屋がほとんどだったが小さな会社の建物も扱っていた。大阪市の中央にある天満橋の南の方に小さな工場をかまえていた。ちょうど谷町筋と土佐堀通りが交差するところの南の方であった。まだ父親は現役で一家の中心であったので、行雄は長男でありながら志願した。福井の鯖江《さばえ》連隊での訓練の後、赴任したのは建国して十年余りの満州帝国である。一応、独立国であり自前の軍隊は持っていたが、何をとっても満足できるものはなかった。人員、装備、錬度などすべてである。

満州国内には、加えて不満分子の反発があった。少数とはいえ、もともと住んでいた住民を追い出すような形で国家を建設したこともあり、満州国や日本に対する抵抗は散発的に発生していた。満州国軍だけでは鎮圧出来ず、後ろ盾となっている日本軍は乗り出さざるを得なかったのである。

満州地方の軍閥が、当時日本に敵対していた国民党に加わったり、共産党に洗脳された一部の住民が抗日ゲリラを組織して破壊活動を拡げた。放火や略奪あるいは鉄路の爆破などで国内を撹乱させていた。しかも破壊活動の一部を日本軍の仕業だと宣伝していた。日本軍への憎悪を掻き立てるためである。洗脳された彼等は強かった。いや、強いというより負けても負けても進んでくる。死ぬことを厭《いと》わない。日本軍は武力では圧倒していたが相手の数に負けた。根負けした。

日露戦争後の駐兵権は期限切れとなっていたので今は二千名強の日本軍を駐留させただけである。

しかし満州は広い。日本の国土の三倍以上もある百七十五万平方キロメートルに二千名である。単純に計算しても日本兵一人当たり八百八十平方キロメートル（現在、京都市は八百二十八平方キロメートルであるからこれより少し大きい）を受け持つことになる。圧倒的に足りなかった。まあ言えば軍事顧問団のようなものである。このような状況下でも彼は皇国のために尽くすことを決意した。

しかし決意は立派でも物理的に無理があった。

一昨日が吉林《きつりん》ならば今日は南の撫順《ぶじゅん》で、という具合である。駆けつけると敵は四散《しさん》して現地の家に紛《まぎ》れ込む。正規の服装などはないため、武装していなければ日本兵には住民との見分けがつかない。大半の住民は日本軍に対して良い感情は持っていない。彼らの目を見ていれば分かる。

ゲリラをあぶり出すためには拷問《ごうもん》もやむを得ないときがあった。治安維持が目的であったから正規軍同士が正面切って戦闘した経験はすくなかったが、ここで二年余りを東奔西走して過ごした。

除隊したあと、しばらくして市内で出来たばかりの在郷軍人会の世話役を務め、多くの若者を戦場に送りだした。

身体壮健《しんたいそうけん》、思想堅固《しそうけんご》で学業成績優秀なる若者を選出した。特に商家に丁稚《でっち》奉公に来ている貧乏な農家の二男、三男を選んだ。彼らは我慢強い者が多かった。平時ならば国の発展に寄与していたであろう。高等小学校の訓導《くんどう》に知り合いがいたため大いに助けてもらった。学校で宣伝してもらったのである。

自分は三十一歳になっていたので今のように後方部隊でお手伝いするのが使命だと思っていた。既に結婚して信明という三歳になる息子もいたし、妻の正子のおなかの中には二人目の子供もいたらしい。

ところが今度はまさかの召集令状《しょうしゅうれいじょう》が舞い込み、二度目の御奉公をすることになった。昭和十七年の八月である。

太平洋戦争が始まった翌年である。

その年の六月にはミッドウェー海戦で帝国海軍が大打撃を受けた後だが国民にはその全容は知らされていなかった。

区役所の兵事係《へいじかかり》が来て言いにくそうに「軍より命令が届きました。お家の方が大変でしょうがお国のために働いて下さい」とだけ言った。

普通は召集令状が送られてくるだけである。

わざわざ区役所から来たのはこれまで、在郷軍人会の世話役として兵事係や訓導と協力してきた人物であるので敬意を表したのであろう。

命令である。受けるしかない。

「御苦労さまです。精一杯働き、お国のために頑張ります」としか言えなかった。

行先は中国の華北《かほく》であった。今度は治安維持ではなく、正面きっての戦闘行動である。相手は軍閥《ぐんばつ》の中でも急成長してきた国民党軍と、共産党軍であった。


特に後者は貧弱な武器しか持っていなかったが、洗脳された巨大な集団で時には日本軍の一〇倍近い勢力で向かってきた。武器では日本軍が圧倒していたが殺されても殺されてもやってくる相手と一進一退を繰返していた。


南方戦線ではミッドウェー海戦に続き、ガダルカナルからの撤退、ソロモン海戦、ポートモレスビーの戦いと次々に敗退を重ね、東部ニューギニア戦線も徐々に西に追い詰められていた。

ここで何としても食い止めなければならない。

特にガダルカナル島では苦労して作った飛行場を敵に奪われて、何とそこから発進した敵の飛行機で爆撃されるという皮肉な結果を招いた。

昭和十八年の九月である。大本営は戦略を立て直した。この方針の中でニューギニアの西部にあるビアク島を最前線として、早急に飛行場を建設して敵の進撃を食い止めることが必要になってきた。敵の爆撃機による日本本土への空襲が予想され、これを防ぐための飛行場の建設の緊急性および重要性は高まっていた。

このため中国大陸の兵力を南方に振り向けることになった。

華北の兵は旅順に集められ、更に上海で新しく旅団を編成して一か月弱の猛訓練を行った。この後、台湾の高雄に向かったのである。ここからあとは前述の通りである。

高雄を出てからは敵の潜水艦だけでなく、飛行機や駆逐艦などがウヨウヨしており緊張を強いられた。既にこの一帯では日本軍に制空権も制海権もなく、敵の目をくぐりぬけながら進むしかなかった。

潜水艦を欺くためにジグザグに進路を変えるので、船に弱い陸軍の兵士の多くは船酔いに悩まされた。

「我々は勝てるのでしょうか」

ある若い兵士が呟いた。

「バカ野郎。当たり前だ。我々は天皇の軍隊だ。負けるわけがない。そんなことを憲兵に聞かれたら軍法会議ものだぞ」

その言葉を聞いた古参兵は怒鳴りつけた。

しかし、その古参兵ですら内心は同じことを考えていたに違いない。

「神州不滅《しんしゅうふめつ》」

この言葉は何度聞かされたかしれない。

それでも泉田は今、この言葉を唱えることによって心の不安を打ち消す。


マニラに着く前に全員、遺書を書かされた。誰もそんなことはしたことがなかったのは分かっていたのでちゃんと雛型が用意されていた。書けと命令した上官も果たしてそれが無事に内地に届くかどうかは疑問だと思っていた。それを運ぶ駆逐艦の多くが沈められていたからである。内地への軍事郵便はこのマニラが最後となる。

フィリピンのマニラでも六日ほど待機することになった。初めから六日待つのであれば、上陸して英気を養うこともできたが、一日また一日と足止めされるのは辛かった。マニラを出てセブ島を過ぎる頃に、初めて行先がビアク島だと知らされた。行雄は第二二二連隊に所属していたがここで第一〇七野戦飛行場設定隊に組み込まれることになった。

第一〇七設定隊は昭和十八年九月に豊橋中部第一〇〇部隊に於いて編成されたがその規模は大隊クラスであった。隊長は大森少佐である。編成時は五百八十六名の人員だったが現地到着後はさらに他の部隊からも応援を受けた。仕事は土木工事であるがそれが終われば戦闘行為もしなければならない。

ビアク島？

ほとんどの兵は初めて聞く名前であった。

そんなところに敵はいるのか？

艦内に支隊長より放送があった。

「我々は大本営の命令により、これよりビアク島に向かう。ニューギニアの西部にある島である。一か月前の九月に御前会議において死守すべき防衛ラインが決定された。そのひとつがこれから目指すビアク島である。ここに早急に飛行場を建設し、米、豪の連携を絶ち敵の進撃を食いとめねばならない。これまで食糧や水を節約してきたのはこのためである。皆に辛い思いをさせてきたことを申し訳なく思う。しかし、ここでは今まで以上に頑張ってもらう必要がある。全員の努力を切に願う」といった内容である。

各員はそれぞれの居室で聞いた。

今年の春に中国大陸からではあったが、米軍による日本本土への初空襲があった。このことは日本兵のほとんどが知っており、ビアクでの飛行場の設営の重要性も緊急性も十分認識している。行雄もこの支隊の最重要な仕事をやるのかと思うと闘志が湧いた。

既に一部の兵はうすうす知っていた。兵の中には当番兵（高級将校の世話係り）や通信兵がいる。彼らは断片的に将校からの情報を得ている。一般の兵は彼らから聞くのである。
しかし。
ビアク？　という感じであった。
ほとんどの兵はどこにあるのかも知らない。
行雄も同じだった。

ここからはさらに南のハルマヘラに向かう。
南方戦線における日本軍の兵站基地がある。

この付近は小島が多い、いわゆる多島海である。もし敵に見つかり沈没させられたりしても島の近くであれば泳ぎ着くことが出来る。このため島伝いに行くことにした。また昼間は低速で夜に高速で行くことにした。
昼間に全速力で走れば真っ黒な煙を出してしまうからである。目印を付けて走っているようなものだ。これでは敵にすぐに見つかってしまう。これを避けたのだ。

夜なら見つかりにくい。

このため月明かりのあるときは前照灯も消して進む。海図と目視だけが頼りだ。だが暗礁はどこに潜んでいるか分からない。万が一、座礁すればそれまでだ。敵に見つかれば爆撃されて沈没は免れない。どっちをとるか、まあ、賭けのようなものだった。

あとから分かった話だが、このとき米・豪連合軍の主力は東部ニューギニア戦線に注力しておりフィリピン近海にはいなかったことが幸いした。敵に見つからなかったのである。

ハルマヘラで水の補給をすると、マノクワリに向かう。最後の中継地である。

ここからは船上から敵の探索をする。三人一組で活動する。早く見つけて逃げるしかない。空からか海からか、いずれにせよ見つかればおしまいである。まず逃げ切れないだろう。全員が双眼鏡を持っているわけではない。

殆どの兵士は肉眼で見るしかない。

皆、必死であった。

相手の数にもよるが戦闘機のついていない護衛の駆逐艦一隻のこの船でどこまで反撃できるか分からない。

およそ六〇〇キロを四十時間かけて進む。とにかくマノクワリまでは辿り着いた。

マノクワリに入港すると皆はヘトヘトだった。緊張に続く緊張でである。おまけに睡眠不足でもある。

マノクワリからいよいよ目的のビアク島である。

およそ一七〇キロメートルである。ビアクへは最後の最後の航海となる。慎重に慎重を重ねて九時間をかけた。マノクワリを出たのは夜の七時だった。この付近ではまだ明るい。しかし、奴らは夜遅くまで戦わない。夜は苦手なのか。

二　上陸

ビアク島の南部の沖には翌朝の四時には着いた。

月明かりだけでまだ暗い。


昭和十八年十二月二十四日の未明である。

日本では冬の季節だがここはほぼ年中、夏である。

上海を出て二か月と十日が経っていた。普段の三倍以上かかっている。


ここまで無事で来られたのは運がよかったとしか言いようがない。


ビアク島は東西六〇キロメートル、南北は四〇キロメートルほどで東京都とほぼ同じ面積である。淡路島の三倍ほどであろうか。

赤道直下というか南緯一度くらいである。

今、この島の南にある首邑《しゅゆう》のボスネックの沖合三〇〇メートルにいる。早速、大発《だいはつ》を下ろして上陸地点を探す。

この島は全島がサンゴ礁で出来ており多くの波打ち際の背後には崖が迫っている。

上陸地点はボスネックの五百メートル西の奥行きの狭く、砂浜の背後が低い台地のある場所を選んだ。

まず、食糧と水と二十ミリ機関砲である。砂浜の手前の海岸にみんなは飛び込んだ。腹の付近まで水に浸かり、スロープのついていない大発では船についている小型のデリックで海中に荷物を下ろした。波打ち際まで人力で運ぶのだ。このあとはトラックである。ロープをつけて三十人ほどで引っ張る。


高射砲と機動四十七ミリ砲は砲塔だけを取り外して小さなボートで運んだが戦車はそうはいかなかった。少し前の九五式であったが、十二粍戦車砲と装甲板の鉄の厚みはが十二ミリあったため軽戦車とはいえ重量は八トン前後あった。これはさすがにボートには積めない。大発に積んでスロープから徐々に海に沈め、自走させて上陸させた。これが九台あった。ほかには榴弾砲《りゅうだんほう》もあったがこれは海に向かって撃つのではなく、上陸してきた敵向け用に近距離で使う。

発電機や通信機器、ガソリン、修理部品、日用生活用品など雑多なものが多い。

昼夜兼行でも三日かかった。

一息ついたとき、初めてゆっくり島を見ることができた。昼である。太陽は真上にある。眩しいばかりの太陽と濃い緑、真っ白の砂浜は強烈な原色で美しい。

別世界にいるようだ。ここが戦場になるのか。

海の色も日本のそれのように群青色ではない。海岸近くは透き通っており、その先は水中の海草を反映して濃い緑色である。薄い水色の部分と緑色の部分がまだらになっている。

上陸地点を除いては波打ち際から高い崖が続いている。

崖の高さは二〇メートルから五〇メートルほどもある。

ここから数百メートル向こうの海岸べりには海中に根を下ろしたマングローブの木が繁り、その背後には密集したジャングルが続いている。ジャングルがそのまま海に突っ込んだという感じである。ごくたまに黄と赤の混じった、あるいは黒い色の鳥が舞っている。また近くには十メートルを超すヤシの木やバナナの木がチラホラ見える。

昔、本で南洋諸島の記事を読んだことがある。パラオ諸島の記事だった。

地上の楽園と書いてあり総天然色のきれいな写真を見たことがある。

第一次世界大戦後以降、ドイツ領であったカロリン諸島、マリアナ諸島やパラオ諸島を戦勝国の日本が統治している。国際連盟の委託を受けてである。

日本政府はパラオ諸島の中のコロール島に南洋庁を置き、各諸島に支庁を設けた。サトウキビ以外には大した産業のないこれらの地域の開発のために日本は多額の投資を行った。郵便局や学校、病院も開設し、島と島とに定期船も運航させた。裁判所も作ったが、もともとこの付近の住民は温厚な人が多く、深刻な事件は起きていないのでそれほど利用価値はなかった。

この付近の海域は年中カツオが多くいるため、日本の漁船が押し寄せて現地でのカツオ節加工工場も作り、産業の基盤が出来つつあった。

徐々に日本人も移住し、日本式の神社まで作っている。南の島に日本文化がめばえ始めていたがそれは赤道以北のことであった。赤道以南はオーストラリアの統治となっている。

ビアク島はニューギニア本島の北西部にあり、赤道以南にあるため南洋庁の管轄外となる。このためほとんどの日本人は知らない。特に産業らしきものはなく、現地人のパプア族がチラホラと住んでいるだけである。

昔は食人の習慣があったといわれているが、男だけのことであったらしい。人肉を食べたくて食べたのではなく、部族間で争いがあった後、勝った方が負けた方の戦士の力を身につけるために相手を食ったと言われているが、勿論現在はない。

キリスト教文化が根付き始めている。

しかしこの何もない地域が、戦争が始まるとともに戦略的に重要になってきた。ここを拠点にすれば日本軍はニューギニアだけでなくオーストラリアも攻撃出来るし、日本列島への敵の進撃も牽制することが出来る。

このビアク島に上陸したのはボスネックの近くであるが、もう一隊は西の方のモクメルに向かった。

すべての物資の荷揚げが終わった時には駆逐艦も輸送船も姿を消していた。

ジャングルの繁みから覗いている眼がある。原住民だ。

日本兵はとっさに銃を構えた。

するとこの場の一番の上司である中尉が「銃を下げよ」と命令した。

それを見た原住民は安心したのか、恐るおそる姿を現した。

槍を持っている若い男が二人と、弓矢を持っている男、それに貝の首飾りと鼻輪をつけた男の四人である。首飾りをつけた男は年を取っていそうだ。おそらくこの中のリーダーだろう。四人ともまっ黒で腰蓑《こしみの》しかつけていない。本当にまっ黒だ。典型的なパプア人だ。マニラであった人はジャワ人でここまで黒くなかった。

日本兵も原住民も十メートルほどの距離を置いて、しばらく見つめあう。

すると、向こうよりバナナの房を差し出してきた。

こちらより中尉が歩み寄り、それを受取り深々とお辞儀をした。

長老は何かをしゃべり手を差し出した。二人は手を握り合った。どうやら敵視してはいないようだ。

中尉が片言の英語で、我々は日本から来た、と言った。若者の一人が長老に向かって説明している。オランジャポンと言っているのが聞こえる。

中尉は「我々は日本軍である。あなた方を傷つけるつもりはない。ここに飛行場を作らせてほしい」と片言の英語交じりの日本語で話しかけた。

もとより通じるはずがないが、若い原住民がエアポート、エアポートと言っているのが聞こえる。英語とインドネシア語とが混じった言葉のようである。

こちらからも若い兵士が身振り手振りで語りかける。およそ一時間近くかかって話し合いが終わった。

長老は「住民に銃を向けるな。女に手を出すな」といったことを説明し、二人の若者を土地の案内に出してくれた。若者の一人は少しは英語らしきものが分かるようでこれには大いに助かった。こちらからも日本語の単語を教えた。

後に彼らはさらにヤシの実を持ってきてタバコと交換してくれと言ってきた。

早速、海岸の背後の高台に仮設の小屋を作った。現地の人間に提供してもらったヤシの葉を組み合わせて屋根を作る。壁などはない。柱は持ってきた材木を使う。下は砂浜の上にシートを敷いて、その夜はここに雑魚寝する。久しぶりに手足を伸ばして寝られる。

満点の星が見えて風がさわやかである。

しかし、いつまでもこのような状態でいいわけではない。本格的な支隊本部の建設が必要である。やることは山ほどある。

食糧や燃料・弾薬の倉庫の設置に、野戦病院と将兵の居住場所、本部の設置に加えて高射砲や榴弾砲の置き場所も選定しなければならない。

このため原住民を連れて島の地理を調べることから始めた。これまでは航空写真しかなかったのである。残念ながらこれでは海岸線しか分からない。しかもその海岸線も高低差が不明なので実際に歩いて調べるしかない。短時間で内陸部の詳細な地図は作れないので、内陸部はあとまわしにして大きな川を中心に調べた。引率は情報将校である。泉田はこの一隊に加えられた。熱帯のジャングルなど本で読んだだけである。どんな猛獣や大蛇が住んでいるかと思うと緊張した。

しかし原住民の若者はかまわず、どんどん前に進んでいく。

まず一行は上陸地点から北の方面に向かった。

最初に上陸したボスネックは島の東部にあり村落のあるところより三キロほど南西にある。ここより七キロほど西には大きな洞窟があり、ここは倉庫を置くには都合がよい。また近くに野戦病院を置くにも適しており、取りあえずそこを東洞窟と命名して一部の部隊を置くことになった。しかし近くに飛行場に適した場所はなかった。

もう一隊が上陸したモクメルはボスネックの南西五キロほどにあり、海岸のすぐ上に平坦な土地があり飛行場に適していると考えられた。更に北に行くには五〇メートルほどの高さの急な坂を登らなければならないがボスネックよりも大きな洞窟がある。

洞窟に行くまでに海岸を見下ろせる高台があり、高射砲と榴弾砲はここに設置出来る。

この洞窟に何人くらいが収容できるかどうか分からないが、飛行場の建設要員である設定隊を住まわせれば飛行場予定地までおよそ五キロを通わせることが出来る。ここを西洞窟と名付けた。

西洞窟は巨大な鍾乳洞であった。大きな開口部があり、急な坂道を下りていくと内部はY字型に分かれており、右手の方は一段、高くなっている。二〇〇坪ほどもあろうか。その奥には小さな開口部があり少し明るさがあった。

ここに歩兵二二二連隊の一部が住むことになった。約五百名である。Y字型に分かれるところは低いが平坦なところである。ここは野戦飛行場設定隊と高射砲隊の基地となった。

Y字型に分かれる左側は右手側に比べて二倍以上の広さがあり天井の高さも二〇メートルはあるかと思われる。

ここに各部隊の残りの二千名の収容と食糧と弾薬が置かれた。東洞窟には別に備蓄倉庫があったが住む人間はこちらの方が多いのでここにも置いたのである。

この洞窟の外部の北方二キロ地点は比較的高台だが真水が滴り落ちるところがあった。サンゴ礁からなるこの島では真水が得られることはありがたい。

サンゴ礁でできた台地は、雨が降ってもすぐに水は地下に消え溜まらない。

スコールがあった時だけできる小さな流れはあるがすぐに消えてしまう。例外的に北方にコリム河があるが、山岳部から流れているせいかその付近の土のせいで茶色の濁った水が流れているだけである。部隊の野営地に適した土地もなく、また飛行場の適地からも二五キロメートルも離れており不便である。

しかし、この清水の得られる土地なら大勢の将兵の飲料水をまかなうことが出来る。まさに天から与えられた地であるということで、ここを天水山と名付け支隊本部が置かれた。

その天水山から北に進むとコリム河に出合う。この河の先がコリム湾で、島の北海岸に出る。そこまでは周囲は小さな木が密集しているジャングルである。

ジャングルの中に入ってしまうと空は全く見えない。昼間でも太陽が見えないので全く方向が分からない。原住民の若者はナタでその蔦《つた》のような枝を伐り払いながら先頭を歩いていく。海に出ると一行は二手に分かれ、一方は東の方に、もう一方は西の方に向かった。

一隊は東の方に、もう一隊は西の方に向かう。東の方に行った行雄ら一隊はコリム湾から東に一五キロほど歩いた。川がある。やはり茶色い水である。川幅は一五メートルほどもあろうか。

「泳いで渡るんですか」若い兵は不安そうに少尉の顔を見た。

「いや、だめだ。深さが分からんし、何が住んでいるか分からんぞ」

渡河する船もないので、危険を避けて川をさかのぼることにした。方向は西に向かっている。もと来た方に戻っているではないかと不安になったが若者はぐんぐんと先へ行く。五キロほど行くと川幅はせまくなり深さも膝くらいになった。

水底がみえる。やっと渡れる。ここを渡河すると再び北の海岸の方に行く。そこの海岸から二〇キロほど歩いてようやく島の東の端についた。

最初は東の端だということが分からなかった。

そこを一キロほど通り過ぎて、南の方に海が見えて東の端だと分かった。この辺一帯は平地ではあるが水場が全くなく雑草が茂っているだけだった。崖のあるところを通りすぎると平地があった。

ボスネックはこの島の首邑《しゅゆう》で海岸付近にヤシの葉で葺いた屋根がある村落がある。戸数は三十ほどであろうか。ドイツ人が建てたという教会が残っている。

一部にレンゲ草に似た紫がかったピンクのブーゲンビリアの花が咲いている。

その三キロほど南が日本の上陸地点であったことが分かった。ここには小さな川がある。ヤシの木と小さな畑があった。やはり赤茶けた土である。畑ではヤムイモという日本のとろろ芋に似たものやタロイモを作っていた。地理の調査はコンパスと航空写真だけが頼りであった。パライという集落を過ぎてようやくモクメルに戻った。

一方、コリム湾の西岸から西に向かった方には同じ設定隊の中井上等兵が参加していた。設定隊の隊員が入っているのは飛行場に適した台地を見つけるためであった。彼らは海岸べりを四〇キロほど歩いて隣のスピオリ島が望めるところまで来た。南に山が見える。ここまでは川らしい川はひとつもなかった。湿地帯のようなところも通った。

以下は中井の感想である。

すぐ眼の前にあるスピオリ島まで来た。

スピオリ島とは狭い海峡をはさんで一〇キロほど平行している。海峡の幅は百メートルもないかもしれない。たまたま北側と南側の潮位の差があったせいか、結構な勢いの流れである。ビアク島とはもとは地続きであったように見える。

周囲はいきなり崖か、あっても幅の短い砂浜ばかりである。すぐ後には山がせまっている。

ジャングルも低い灌木《かんぼく》や蔦《つた》ばかりで高い木は多くはない。あっても太い木はない。高い木はヤシの木だけだ。何度か中に入ったことはあるが、土地は痩せているようである。土はあっても赤土でスコールが来ると洗い流されて植物を育てる土にはならない。表層部の赤土は流れて川に入り茶色い水を作る。養分は多くが海に流れてしまう。薄い赤土の下はサンゴ礁だ。

南洋なので木々が豊かに育つと思っていたが、痩せた土地では灌木しか育たずその間に蔓が複雑に絡み合って熱帯ジャングルを形成している。

その中でもヤシの木だけは何年もかかって大きくなって、親から子へと受け継がれているようでそれが家族の財産になっている。

再び平野地帯に戻り、ワルド川にぶつかる。ここも若干朔行《さっこう》してから渡りきる。ワルド河を通過してから三〇キロほど海岸線ばかりを通ってようやくモクメルに戻った。ソリドの手前はかなり急な崖が続いておりここを通り過ぎるのに難儀をした。

三日ほどかかったが島全体は、およそ第六図のようなものである。ようやく島の全貌《ぜんぼう》が分かった。西の方の山は標高五〇〇メートルくらいであろうか。東の方の山はそれよりも低いように見える。やはりモクメルの西方が比較的平坦地で飛行場に適した地点であることが確認された。

ビアク島全図　1/250.000

第六図

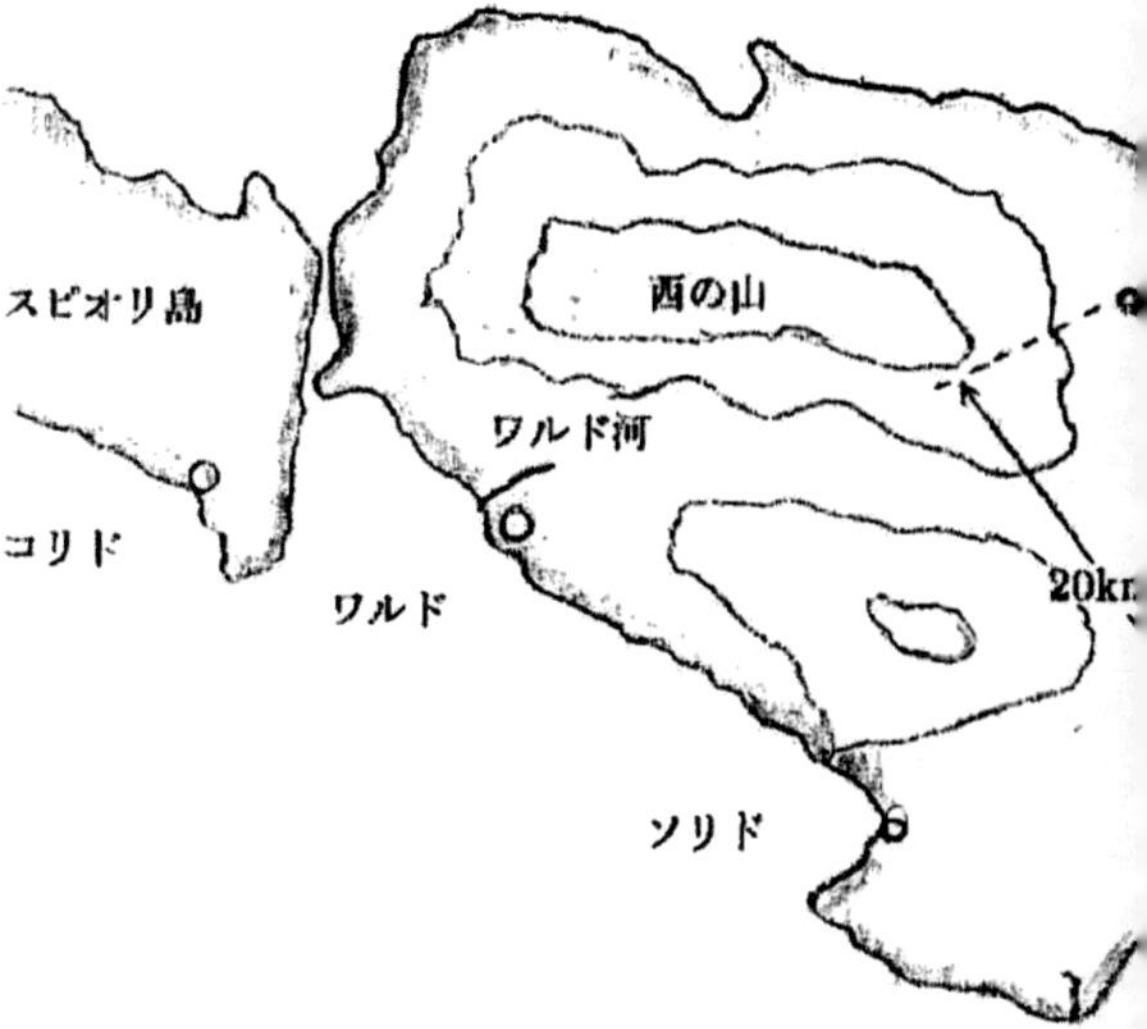

三　建設

さっそく飛行場設営隊の行動が始まった。

愛知県の豊橋にある会社で試作した排土車《はいどしゃ》で雑草や背の低い灌木を除去することから始めたが、そのすぐ下にはサンゴ礁でできた地面が出てくる。これが固かった。しかも結構凹凸が大きい。平らに見えても十センチくらい、時には五十センチくらいの段差がある。排土車のツメでは平にすることが出来ない。馬力が全く足りなかった。ツメに勢いをつけて叩きつけるのだが歯が立たない。ゴンゴンやっているうちにツメが曲がってしまった。

軍の命令で一年前に開発したものだが、現地の実情を考えて試作したものではない。またしょっちゅう故障して補修がおいつかなかった。二台持ってきたがすぐに使い物にならなくなった。

人海戦術でやるしかなかった。

ノミ、タガネとツルハシで砕いてモッコで担いで運ぶのである。

「佐渡の金山みたいだなあ」誰かが言った。

第百七野戦飛行場設定隊が五百八十六名と第十七野戦飛行場設定隊が約百四十名と

が担当であったが、司令部の命令でさらに応援が加わった。

人数と道具の数が釣り合わなかった。それでも他の部隊からスコップやらカナヅチまで持ち出して応援した。朝早くから夕方の七時ごろまでやって一日に数メートルがやっとである。

なれると少しは進むようになったが、それでも交代でやって皆はへとへとだった。洞窟までの往復の時間がもったいないということで、ヤシの葉を持ちだしてその上に寝るということまでした。食事は飯ごうに、にぎりめしを詰め込んでであるが、これは一日分だけである。飯は腐ってしまうので二日以上持っていくのは無理である。食事班はいつも梅干しを入れてくれていた。最高の気配りであった。

二月初めごろに敵の偵察機二機が空を舞っていた。高射砲が火を噴いた。ビアクで初めて対空砲火の音を聞いた。そのあとも二回ほど来ていた。

途中からは爆薬を仕掛けてサンゴ礁でできた岩を砕いた。

「これでやるしかない」

ノミで深さ二〇センチほどの穴をあけてダイナマイトを仕掛ける。一度に五か所ほどを爆破するがこれは効率が良かった。ダイナマイトも十分にあるわけではない。爆薬筒を解体して慎重に火薬だけを取出した。これを空の薬きょうに詰め替える。残念ながらまだそれほど砲弾を使ってないので、空の薬きょうも多くはなかった。

主滑走路は幅が一〇メートルほどだがその周囲の灌木も伐らねばならない。滑走路の東端には駐機場や資材置き場も作った。

滑走路は砕いたサンゴ礁の地面の上にサンゴ礁のかけらと海岸の砂を敷きつめ、上からつき固めて更にコンクリートを敷設する。セメントが十分あるわけではないので薄めのコンクリートだ。またそのコンクリートを作るための真水は天水山からここまでドラム缶に詰めてトラックで運ぶ。

コンクリートを作る水は真水だが砂は海岸の砂である。塩分が高いのでそのまま使うとコンクリートは脆くなる。真水で洗浄するのが良いのだがそんな余裕はない。いくつかの小さな砂の小山を畑の畝のように作り、スコールで洗い流してから使うのである。スコールはいつ降るか分からない。神頼みだ。小山といっても幅五〇センチほどで高さは三〇センチもない。海岸から砂を運んできてこれを積んだり、崩したりした。

泉田は実家でコンクリート作りは手伝って経験があったが砂を洗うというのは初めてであった。

洞窟は敵の攻撃を避けるには適していたが、蚊や蝙蝠《こうもり》が多く、かつ排水が出来ず衛生面では問題があった。

蝙蝠は人間が洞窟に入ると寄りつかなくなったが、奴らの糞尿が地面に溜まっておりヌルヌルしてよく滑った。

また蚊はマラリアを媒介し、多くの兵士が感染した。

排水の汚い水がたまったところにボーフラが湧くのである。マラリア原虫を持つ蚊は血を吸ったときに人間にそれを移す。狭い所だ。あっという間に拡がった。

現地の人はジャングルの中に住居を建てず、海岸に住んでいたが、蚊を避けるためだということがようやく分かった。

マラリアにかかった兵士は特効薬もなく、高熱で苦しんだ挙句、死んでいった。野戦病院はすぐに満杯となり、それ以後は患者を洞窟内に放置するしかなかった。

便所は当初、洞窟の外に用意していたが、十五メートルほどの急な階段をのぼっていかねばならずそれだけの体力がない者はそこまで行けず洞窟の奥の方で用を足す。

衛生状態も悪いので赤痢もあっという間に広がった。赤痢の患者も血便を垂れ流す。その臭いが洞窟内に流れて一層暗い雰囲気を作った。中井上等兵もマラリアにかかった。高熱にうなされて粥のような食べ物も食べられなくなった。水を欲しがった。水しか飲めないのである。泉田もかかったことがあったが、正露丸を飲んでいるうちに治ってしまった。中井にも飲ませたが効き目はなかった。水筒の水を飲ませたがその水筒の水も少ない。しかもその水は水たまりに溜まっている汚い水だ。飯盒の蓋を差し出す手は震えている。

きれいな水を腹一杯飲ませてやりたいがこのところスコールもない。

スコールも洞窟の外に出ている時に降らなければ利用することが出来ない。道に降った雨はすぐに地面に消えてしまう。

栄養失調とマラリア、赤痢で死ぬ兵士がじわじわと増えていく中で、兵士は必死で飛行場作りに励んだ。死人が出るだけでなく動けない兵士も増えた。西洞窟の近くに死んだ兵士を埋葬するのだが、それは何とか動ける兵士だけでやった。元気なものは飛行場の設営に駆り出された。

死体の処理はつらい仕事だ。自分もいつこのようになるかもしれない。埋葬も初めは穴を掘ったが途中からは、木の枝や葉をかぶせるだけになった。洞窟の急な階段を運びあげるだけで重労働で、固い地面を掘るだけの余力は残っていなかったからである。死者は増えていき、3月末には残存兵力はとうとう六割ほどになってしまった。殆どが病死である。戦う前に死んでいるのである。

それでも四月末に完成予定の第一飛行場の主滑走路は三月末に完成した。七〇〇メートルほどではあったが、とりあえずはこれで使える。最終的には一〇〇〇メートルを目指している。

しかし、まだ誘導路と掩体《えんたい》は完成しておらずこれからだった。

飛行機も一機だけしか置いていない。

滑走路の試験飛行も済んでいたが、同じ頃に南洋庁のあるパラオに一大空襲があり艦船十八隻が撃沈さらに航空機も百四十七機が破壊されていたことが確認された。残りの第二、第三の飛行場も急がねばならない。第一飛行場の西の方では測量が始まった。

またボスネックとモクメルをつなぐ自動車道路も必要であるが、体力の残っている者がいなかった。何とか動ける兵で対応した。

当初は一日六合あった米を四合に減らされていたが、この頃にはさらに半分の二合になっていた。食事班は食べられそうな雑草を入れて雑炊らしきものを作っていた。苦労していたのである。

食糧不足で一般の兵は健康な者でもだんだん弱っていった。

また塩分も足りなかった。海岸に出て塩水を汲んでくるのだが飲みすぎると腹を壊す。飲み始めるとついついやめられなくなり多量に飲むのが悪いらしい。

その塩水も夕方汲みに行く。海岸から五〇メートルも離れれば海藻も手に入るが食べられる海藻はない。南洋ではワカメや海苔は育たないのか、ないようだ。

郵便はがき

料金受取人払郵便

新宿局承認

3970

差出有効期間
2022年7月
31日まで
(切手不要)

1 6 0-8 7 9 1

141

東京都新宿区新宿1－10－1

(株)文芸社

愛読者カード係 行

ふりがな お名前			明治 大正 昭和 平成 年生 歳
ふりがな ご住所	□□□-□□□□		性別 男・女
お電話 番 号	(書籍ご注文の際に必要です)	ご職業	
E-mail			
ご購読雑誌(複数可)		ご購読新聞	新聞

最近読んでおもしろかった本や今後、とりあげてほしいテーマをお教えください。

ご自分の研究成果や経験、お考え等を出版してみたいというお気持ちはありますか。

ある　ない　内容・テーマ(　　)

現在完成した作品をお持ちですか。

ある　ない　ジャンル・原稿量(　　)

書　名				
お買上 書　店	都道 府県　　　市区 郡	書店名	書店	
		ご購入日	年　　月　　日	

本書をどこでお知りになりましたか?

1.書店店頭　2.知人にすすめられて　3.インターネット(サイト名　　　　　)

4.DMハガキ　5.広告、記事を見て(新聞、雑誌名　　　　　)

上の質問に関連して、ご購入の決め手となったのは?

1.タイトル　2.著者　3.内容　4.カバーデザイン　5.帯

その他ご自由にお書きください。

(　　　　　)

本書についてのご意見、ご感想をお聞かせください。

①内容について

②カバー、タイトル、帯について

弊社Webサイトからもご意見、ご感想をお寄せいただけます。

ご協力ありがとうございました。

※お寄せいただいたご意見、ご感想は新聞広告等で匿名にて使わせていただくことがあります。

※お客様の個人情報は、小社からの連絡のみに使用します。社外に提供することは一切ありません。

■書籍のご注文は、お近くの書店または、ブックサービス(0120-29-9625)、セブンネットショッピング(http://7net.omni7.jp/)にお申し込み下さい。

四　破壊

残念な情報が次々ともたらされる。四月の末にはフィリピンのルソン島沖で輸送船が襲撃されて内地から応援に来た三千五百人の兵士のうち、二千七百人が死亡し、生き残った兵士はマニラに逃れた。

残りは新たに部隊を再編したが、これも出港後、再び襲われ二千人が亡くなる。ニューギニア本島に日本軍が苦労して作ったホーランジャの飛行場は米軍に奪われた。

四月末にはそこから飛来したと思われる米軍飛行機にビアク島が初めて空襲を受けた。五〇〇キロ爆弾以上の大型爆弾が混じっていた。気の毒にモクメルの住民も巻き添えをくった。住民の多くは移住していった。近くなら島の東部に、また一部はスピオリ島まで避難した。

五月一日からは連日、飛行機の猛攻を受けて一か月近い間続いた。毎日二〇～三〇機多いときは五〇機ほどもやってくる。こちらも高射砲で応戦するが一〇〇発の砲弾で一発当たればよい方だった。

出来あがった飛行場からこちらからも戦闘機を出して応戦する。敵の飛行機を何機か撃ち落としたが、こちらもかなりの被害を受けた。

向こうは数が多い。左右から挟み撃ちにされている。

彼我《ひが》の差が大きくなると勝負にならない。

ある程度、こちらの飛行機が破壊されると敵は安心したのか堂々と爆撃機を繰り出し、爆弾を落とす。一通り爆撃すると一休みしている。

原住民の中には敵に通じる者もいたようである。

夜中に浜辺より狼煙《のろし》のようなものを見たものがいた。これが合図であったかどうかは分からないが、その翌日より猛烈な艦砲射撃《かんぽうしゃげき》も始まった。海上にはおびただしい数の敵の軍艦が見える。

空襲である程度、叩いてからは艦砲射撃でとどめをさすつもりのようだ。

空からの爆撃は、まず飛行機の爆音が響いてから爆弾が落ちるので若干の時間があり心の準備も出来るが、艦砲射撃の場合はいきなりドーンと来る。しかもどこに落ちるか分からない。洞窟の中に潜んでいるしかない。

せっかく作った飛行場の滑走路にはいくつもの大きな穴があいた。艦砲射撃と空襲の後で飛行場を作るのなら手間がかからず楽だったのにと、泉田は思わず不謹慎なことを考えた。

ある程度、日本軍の基地を破壊したと思ったのか、とうとう敵の部隊が上陸を始めた。夥《おびただ》しい上陸用舟艇が近づいてきた。こちらの大発《だいはつ》より一回りも大きい。

日本軍が上陸したボスネックの近くの海岸にである。

西洞窟からは攻撃隊が彼らの上陸地点の西側より迫った。

しかし、敵の一部はモクメル方面にも上陸していたため、日本の攻撃隊は挟まれた。一日は何とか持ちこたえたが、結局全滅した。

別の部隊がモクメルの敵にも応戦したが、海岸近くに出たときに今度は敵は西北の方からも攻めてきた。東の山の麓を通り、背後から来たのである。

全く予期していなかった敵の出現に慌てふためいた日本軍は分散してしまい、手ひどい損害を被った。

五月末には敵の戦車も上陸を開始した。

日本軍の戦車は九台しかなかったが果敢にもこれで応戦した。日米の戦車戦である。

日本側は九五式で装甲厚は薄く戦車砲は一二ミリであるが、相手は新型の中戦車で装甲厚は日本の倍ほどもある上に、七五ミリの戦車砲がついている。正面から撃ち合えば軽戦車はひとたまりもなかった。たちまち七台が破壊された。

それでも残る二台で敢闘し、サンゴ礁に隠れて待ち伏せ攻撃を加えたり、爆薬筒を抱えた兵が体当たりして相手の戦車に損害を与えた。肉弾による特攻である。

しかし、敵の戦車を破壊するまでには至らなかった。サンゴ礁の影に隠れた日本軍が必死の抵抗を加えたが所詮は武器の差であった。設定隊も攻撃に加わるが、迫撃砲も敵の厚い装甲厚の戦車には歯が立たない。所詮《しょせん》は「蟷螂《とうろう》の斧《おの》」だ。このことは華北の戦闘で、日本軍はお粗末な武器しか持たない中国を相手にして学んでいた筈だが。

また日本の戦車の攻撃力の貧弱さは、ノモンハン事件でも経験していたがいずれもこのビアクの戦いでは生かされていなかった。

ボスネックからも敵戦車が西洞窟の北にある日本軍の本部に肉薄してきた。ボスネックからモクメルや本部に通じる道路を通ってである。これも日本軍が苦労して、よれよれの兵士で築き上げた道路である。

モクメルにある日本陸軍の飛行機はゼロになった。待てど暮らせど援軍は来ない。もう犠牲者を出してまでして飛行場を維持する必要はない。意味がなかった。

結果としてモクメルを放棄することになったが、なんとその翌日には米軍は穴のあいた滑走路を補修しだしている。しかも日本軍の二倍ほどもあるブルドーザーを使ってである。飛行場を見下ろすことが出来る高台からはよく見える。

放棄したとはいっても相手の進撃を少しでも食い止めなければならない。そのためには、あの補修作業をなんとかして妨害しなければならない。迫撃砲《はくげきほう》だけでなく高射砲を水平にして高台から撃つが、結果として敵に我々の居場所を知らせることになり、逆に反撃を食らった。一斉に撃った直後にサンゴ礁の陰などに身をひそめる。しばらくすると彼等も迫撃砲を撃ってくる。翌日には爆撃機が高射砲を狙ってくる。

しかし彼らは夜は行動しない。ずっと後方まで退却する。日本軍は夜戦が得意だ。このため五から六名の切り込み隊を組織して夜間の決死の抵抗を試みた。

ブルドーザーの一部を破壊したがそこまでだった。

翌日からは切り込み隊の攻撃はあまり効果を上げなくなった。なぜか行く先々で待ち伏せ攻撃を食らい殆どがやられた。

勿論、秘かに行動するのだが。

六月一日からは敵の執拗《しつよう》な攻撃が続く。第一大隊は全滅した。西洞窟の左奥の天井の上に敵は一トン爆弾を何発か投下した。今まで持ちこたえてきた頑丈な天井が落下した。そこには病人やけが人が居たが生き埋めになってしまった。大きな穴があき明るい光が差し込んだ。他の隊も徐々に駆逐《くちく》されていき、とうとう翌日の六月十六日には西洞窟は完全に包囲された。東側の一番大きな入口の前からは敵の声で「出てきなさい。命は助けます」という流暢《りゅうちょう》な日本語が聞えた。

勿論その言葉を真に受ける者はいない。

しばらくして機銃掃射があり、その後ガソリンの入ったドラム缶が転がり落ちてきた。そのドラム缶を狙った機銃掃射でドラム缶が爆発した。洞窟内はガソリンの臭いと舞い上がる粉塵で一寸先も見えない。周囲には大勢の死体が転がっていた。洞窟の右側に居た兵士である。泉田は鍾乳石の影に逃げたため助かった。

敵はモクメルの第一飛行場の補修を本格的に開始した模様だ。

もはやこれまでだ。六月二十二日の夜、洞窟に居た重症の傷病兵百六十名あまりと残存兵二百十名に対して支隊長より玉砕命令がでた。傷病兵に対しては各自に手榴弾が配られた。

玉砕に先立ち連隊旗の奉焼が行われた。

連隊旗は天皇陛下より親授されたものである。敵の手に渡してはならない。

房だけを切り離して残りは燃やした。

動ける者は最敬礼した。皆は悔し涙を流した。

連隊旗を奉焼した支隊長は覚悟が定まったのか穏やかな表情に変わっていた。

しかしこの後、別の幹部が増援部隊の到着まで北の方の高地に退却すべきと主張し、玉砕は中止となった。退却のためには洞窟を脱出しなければならない。六月の二十四日の夜を期して元気なものは脱出、動けぬものは自決した。手榴弾で自決した者の内臓が飛び散り洞窟の中は地獄であった。

二十八日ごろからは奪われた飛行場を奪回するべく決死隊を繰り出したがどうしようもなくあえなく全滅した。七月二日、支隊高地にいた支隊長はジャングルの奥で自決した。以後は大森少佐が支隊長代理となり残存兵を指揮することになる。しかし実際の行動は食糧のない中を逃げ回るだけであった。

七月十五日以降は分散自活、自戦自活を指示され日本軍の組織的戦闘はなくなった。

泉田らの残存兵の一部はモクメル西のワルドに行ったり、東の山の南を通ってボスネックに行ったりした。東洞窟の北には以前に作った倉庫が残っているかもしれない。もし残っていれば食糧があるはずである。

しかし何ということだ。そこは米軍によってすでに焼かれていた。その焼跡には幸運なことに缶づめが残っていた。それまでは蛇やネズミあるいは腐った木の皮をはいだ時に出てくる白い芋虫のようなもの（カブトムシの幼虫）まで食べていたので、まともな食糧は久しぶりであった。

そこから三キロメートルほど南にはボスネックと天水山との自動車道路があった。日本軍が苦労して作ったお粗末なものを米軍は立派な舗装道路に作り変えていた。そこまで進んだ時にその道路の傍にゴミ捨て場があった。一坪ほどもあろうか。なんと彼等は贅沢なことか。パンやハムなどの食べ残しが捨ててある。

一隊は貪りついた。ハムなどは半分ほど腐っていたが気にせず口に入れた。ぼろぼろの軍服にやせ衰えた身体、それがごみを漁っている。殆ど乞食である。これが天皇の軍隊の実態であった。

我ながら浅ましかった。とりあえず食べるとすぐにジャングルの奥に消えた。

米軍の車の音が聞こえたからである。四、五日はこれで過ごした。体力を回復した一隊は残飯を雑嚢袋に詰めてワルドに集結している仲間に配るべく西の山の麓に向かって出発した。三〇キロメートル近くを二日かけて歩いた。

ワルドにいた兵士は喜んだ。その中でも元気なものは俺も行くと言い出した。泉田はそろそろ敵も気付く筈だと言って反対したが上官は何も言わなかった。再びボスネックを目指して進んだ。七名である。夕方、天水山の北側を通っている時に一人の兵が何かに躓いた。見ると細い電線であった。敵の電話線かと思い引っ張ってみると黒い小さな茶碗のようなものが出てきた。

「何だこれは」

「マイクだ。集音器だ」

以前、夜襲をかけたときも行く先々で砲火が集中したことがあった。夜襲なのになぜ見つかるのか不思議だったがこれで分かった。日本軍の動きは逐一、捉えられていたのだ。怒りにまかせてこれを引きちぎった。

「みんな声を出すな。早くここより離れるんだ」

お互いに身振りと小声で合図して進んだ。

十分ほどすると自動車道路に二台の装甲車が現れ、機関銃がさきほどのマイクがあった付近に猛烈な射撃を加え始めた。一台は西の方に、もう一方は東の方に向かって少しずつ近づいてくる。七名は地面に伏せて敵の銃弾が通り過ぎるのを待った。二人がやられていた。

今日はやめた方が良いようだ。敵は日本軍が自分たちの残飯漁《ざんぱんあさ》りに来ているとは思っていない。ごみ箱の残飯が少々減ろうがそんなことにはかまっていないが日本軍の残党が近づいているということだけは分かったようである。それまで警戒を緩めていたボスネックの警備を厳重にした。それればかりか自動車道の付近を戦車を前にして捜索し始めた。

これ以後、米軍の日本軍掃討作戦は強化される。

ワルドに戻った五名のうち二名は懲りもせず再びボスネックの方に向かったようだが戻ってこないところを見ると掃討されたのかもしれない。

しかし考えようによっては敵にやられるか、餓死するかの違いであって死ぬことに変わりはなかったのかもしれない。

五　捕虜

さすがにそれ以後は誰も残飯漁りに行くものはいなくなった。腹の減った兵士はまだそこに残っていたが、泉田ともう一人はワルド河の上流に向かって歩き出した。

はっきりした目標はなかったが、西の山の麓を通ってビアク島の北部のコリム湾に行けば何とかなるかもしれないと思っただけである。

以前は海軍がいた筈である。現在はどうなっているか分からなかったが、まだ日本軍がいるのであれば助かるのではないか。

丸一日かけてコリム河に辿り着いた。

この付近では二つの河が合流している。その近くに直径一五メートルほどの小さな水源地があった。

もう一人は藤田という上等兵だった。

「伍長殿。ここに魚はいますかね」

「さあ。適当に濁っているからいるかも分からんな。あんまりきれいな水だったらおらんやろなあ」

「やってみたいんですけどねえ」

「何をだ」

「手榴弾をぶちこむんですよ。魚がおればとれますよ」

「音がするやろ」

「大丈夫ですよ。昔、連隊の訓練でやったことがありますが、大した音ではないから気付かれませんよ」

「そうかなあ」

近くに敵がおれば大変だだけでは済まないが、泉田もカブト虫やトカゲ以外のものを食べたかった。

「やってみるか」

自決するために手榴弾を持ち歩いているが、その機会ももう既に失っていた。持っていても重いだけである。

藤田は自分の手榴弾を出すと、安全ピンを抜いて池に投げ込んだ。

五秒ほどしてボンと鈍い音とともに水面が大きく盛り上がった。

思っていたよりも小さな音だった。
しばらくすると池の水が濁り始め、小さな魚が浮きあがってきた。
「やった」
藤田は嬉しそうな声を出して池に飛び込んだ。
虹色の小魚が混じっている。
大きくても手のひらサイズの小魚ばっかりだったがそれでも一〇匹前後いた。
藤田は被っていた布の帽子に入れて池からあがってきた。
二人ともすでに銃は持っていなかったが剣は持っていた。
ジャングルの中に入ると、うろこと内臓を取って口に入れた。刺し身だ。
久しぶりのまともな食事だった。
八月の初めになっていた。
コリム河を下りコリム湾に行けばまだ海軍の兵士がいるかもしれない。

コリム河の左岸に農場があった。農民部隊の開拓勤務隊が開墾した土地だ。

ここに近づいたとき、コリム湾に星条旗を掲げた船が並んでいるのに気がついた。

「まずい」

二人は慌てて戻り始めた。

水源地の傍を通り、再び皆が集結しているワルドの方に向かった。

西の山の麓からワルドに戻った時、敵は機関銃でワルドの日本兵を攻めているところだった。二人も狙われた。

泉田は藤田とともに小さな岩の陰に隠れた。

「ぐえ」と何とも言えない声がした。

見ると藤田はやられていた。即死に近かった。

しかしまだ完全には死んでいなかった。

うつむいていた筈だったが撃たれたはずみで上を向いた形になっている。

腹を撃ち抜かれていたがまだ手の先はかすかに動いていた。

泉田の一メートルほど横だった。

腹を抉《えぐ》られ内臓がはみ出ていた。

しばらくすると血と共に黄色いドロッとした脂が流れ出した。

こんなに痩せているのにと意外だった。

泉田も右足を射抜かれていた。

とりあえず止血だけでもと思ったが布がない。

帽子を押し当てていたが、痛みもあったのでじっとしていた。

藤田はすでに動かなくなっていた。

敵は一通りの攻撃を終え、日本兵の反撃がないのを確認すると車でソリドの方に引き上げていった。


ワルドの友軍の方を見ると静かだ。動いているものは何もない。

全滅したみたいである。


しばらく経ってから泉田は歩き始めた。何とか歩ける。西の山の麓に向かってゆっくりと。

原住民の農作業に使う屋根だけしかない小屋があった。

その近くのヤシの木の根元にへたり込んだ。

銃はすでにない。

手には手榴弾がひとつ。

彼はしばらくそれをじっと見ていた。

玉砕か。


しかし、かつて飛行場設定隊の少尉が言っていたように、それは敵を殺さずに自らを殺すだけのことだ。敵に何の痛みも与えないどころか敵の手間（日本兵を殺すという）を省いてやるだけだ。これでは悔しいではないか。少しでも奴らに苦痛を与えてやらねばならない。死ぬのはそれからでよい。

泉田もその通りだと思った。

だがもう何ほどの力も残っていない。立ち上がる力もない。


ふと中国での戦いを思い出した。

逃げ惑う国民党軍に対して銃を乱射し、大勢の敵兵を殺した。縁日の射的で人形を倒すようだった。半ば快感も感じていた。

随分、残虐なことをしていたのだ。彼らにも家族があったろうに。

今、同じことをされているだけだ。
そこまで考えて意識がなくなった。

どれくらいの時間が過ぎただろうか。

気を失った泉田を原住民と米軍の兵士が見つめている。米軍は怪我で歩けなくなっている泉田をモクメルの野戦病院に収容した。捕虜になってしまった。

「生きて虜囚の辱めを受けず」の精神が泉田の心を苦しめた。二日経つと通訳を連れた米軍の将校がやってきて尋問を開始した。

このビアク島での米軍の損害は戦死が四百七十名前後だったが若干の行方不明者が出ていたようである。この手がかりを摑むために日本兵の捕虜から聞き出そうとした。尋問では四百人の行方不明者が出ているということであったが、これはオーバーでその後の着隊もあり実際には数名であった。原住民に対しても虐殺などの非道はなかったかどうかも尋問された。原住民も何人かやってきて面通しされた。
住民に対してはスパイと疑われた人に拷問を加えていたから、その通り証言されればと思うと生きた心地がしなかった。

幸い、その種の人間は来なかった。

米軍では死者は日本軍に比べてはるかに少なかったが、精神疾患が多く出ている。あの地獄の風景を見て、精神的に正常を保ち続けられる人間はいないだろう。
この将校は西洞窟の中に死体が散乱し、腐臭が漂っているのを見ていたので、その中で生活し抵抗する日本軍の精神が理解できないようであった。特に「天皇陛下のために喜んで死ぬ」という精神構造にである。教育がそうさせていたのであるがそれに対して異を唱えない日本人が不思議にしか映らないのである。

ここの野戦病院で一か月強を過ごし、ホーランジャの野戦病院でまた二か月を過ごした。
ここでは同じ日本人とも一緒であったがお互いに余り口をきかなかった。やはり心ならずも捕虜になってしまったという負い目が互いにあったのである。泉田は同じ日本人に対して目も合わさなかった。

しかしこの間に、泉田は徐々に体力を回復した。

その後、ニューギニア本島のポートモレスビーの大きな捕虜収容所に収容された。鉄条網に囲まれた収容所は厳重な警戒がなされていたが逃げだそうとする日本兵はいなかった。誰もあえてあの地獄に戻ろうとはしなかった。

昭和十九年（一九四四年）の十二月になっていた。木造の建物であったがベッドだけがある狭い場所だった。しかしあの西洞窟の不潔さに比べればはるかに快適であった。水のシャワーだけだったが身体も洗える。衣服もアメリカ人のお古のダブダブのおおきなものを支給されたが、これも清潔なものである。第一、食事がきちんと与えられる。少しバタ臭いものが多かったが蛇やトカゲに比べれば天と地の差である。

日本の敗戦が濃厚になり昭和二十年（一九四五年）の二月には米英ソによるヤルタ

会談が開かれて終戦後の敗戦国の取り決めが話し合われた。

三月には硫黄島が玉砕し、米軍は沖縄に上陸した。

日本は七月にはポツダム宣言を突き付けられたがその回答に手間取っている間に広島、長崎に原爆が投下された。

八月十五日に遂にポツダム宣言を無条件で受け入れた。その間にも、国内外で多数の命が奪われた。

泉田はニューギニアからオーストラリアのカウラ捕虜収容所に移された。昭和二十年（一九四五年）一月から始まったポートモレスビーの基地の縮小のためである。カウラは前年の八月に大量の日本兵捕虜の脱走事件があったところである。場所はシドニーから二〇〇キロメートルほど西の高原地帯である。脱走事件を起こした連中は更に西三〇〇キロメートルほどの収容所に移されていたので泉田がそのことを知る由もなかった。

後日判明した脱走の原因は、なんと仲間と抜け出して集団自決を図るためだったと分かった。そうまでして名誉を守る日本兵に対して、オーストラリア側は称賛するどころか気味悪がった。

泉田はここに終戦の年の九月まで収容された。終戦は九月には捕虜にも知らされた。下級の兵士には軍事裁判もないので簡単な取り調べの後、日本へ送り返されるのだが送る船がなかった。十一月初めにパラオまでオーストラリアの船で送られ、翌年の二月まで滞在していたが、そこに残っていた日本のカツオ漁船でようやく帰ることになった。

パラオに滞在している間もオーストラリア軍の監視下にあった。

六　帰国

我々はこの地に土足で入り込み、原住民の平和な生活を結果として荒らしてしまった。白骨化した死体を密林に、そして海岸に置き去りにしたままで帰るのは心苦しかった。多くの日本兵の命を飲み込んだ海や島を見るとき、とめどもなく涙が流れた。パラオの海岸付近では日本軍の輸送船が無残な姿を曝している。

帰国の船は和歌山県の南にある田辺港に急遽作った田辺引揚援護局に向かう。

陸軍省を改組した第一復員局の所属になる。ここには昭和二十一年の五月の初めについた。

ここで聞いた話ではビアクから帰還した兵は全部で五百人強で、全体のわずか三から四％になる。よくその中に入っていたものだと強運を感じた。

終戦から九か月が経っていた。ここでは食事の提供があり、最長一週間程度の滞在が許される。更に帰省の切符と少額ながらも当面の生活費が支給される。

ありがたかった。一〇円も与えられた。行雄には昔の感覚しかなく、多いと思ったが戦後のインフレが始まっていたのでそれほど使いでがあるわけではない。そもそも彼には金銭感覚が戻っていなかった。

しばらくここに滞在出来るとはいえ、泉田は一刻も早く大阪に帰りたかった。父母と妻子はどうなっているか気がかりである。

紀伊田辺駅から国鉄の紀勢線で和歌山に向かう。

和歌山市の駅の付近は空襲の跡が見える。特に海岸に近い方は遠くからでもその様子がよく見える。

ここからは南海電車に乗る。天満橋に行くには国鉄よりも南海電車で難波まで行き、地下鉄に乗った方が早い。国鉄なら天王寺から城東線に乗り、大阪駅で地下鉄に乗らねばならない。城東線が被害を受けているという噂もあったからである。

南海電車は国鉄の路線より海側を走っている。

途中、堺の街の空襲跡をみてビアク島を思い出した。戦争はこのように何もかも破壊するだけなのか。

大和川を越えて大阪市に入る。ここは空襲の跡は少ない。

終着の難波の駅について北の方を見て言葉も出なかった。何もない。空襲で一面の焼け野原になっている。わずかに鉄筋コンクリートの建物だけが見える。御堂筋の百貨店は残っていた。とっさに天満橋は大丈夫かと思った。地下鉄は無事だったようである。すぐさま地下鉄の御堂筋線で淀屋橋まで向かった。

淀屋橋駅を降りて地上に出て再び驚いた。北浜の証券会社のビルは残っていたものの、そこから東の方は殆どが焼け野原になっている。天神橋から八軒家浜付近も何もない。東西に走る土佐堀通りを通って東に歩いて向かったが昔の面影はほとんど残っていない。本当に大阪なのかと思った。

ようやく天満橋についた。ここから南の方へは上町台地に向かって坂道になっているがここも見渡す限りの焼け野原である。この坂道になる手前に我が家はあった。いやそのはずである。

泉田は愕然とした。我が家がないのである。あの我が家が。華北へ出征してからでも四年以上が経っている。しかしまだ四年前である。家族へハガキを送ったのも三年前になる。果たしてハガキは届いていたのだろうか。

京阪の天満橋駅は空襲の焼夷弾で曲がった鉄骨がそのままになっていたが電車は動いていた。たしか百貨店があったはずだが空襲で燃えて今はない。が復旧工事が急ピッチで進んでいる。七月には完了予定だそうだ。その南の方の広場には米軍から提供された大型トレーラーバスが止まっている。運転席と乗客の乗る車が別々になっているバスである。

そこでバス待ちをしている人に聞いてみた。

「この辺はいつ空襲があったんですか」

「去年の三月の大空襲でやられたんですわ」

聞かれた人は胡散臭そうに泉田を見てそう言った。

陸軍の軍服を着ているから復員兵だとすぐ分かる。

「どこへ行ってはったんですか」

「ニューギニアです」

「へー。よくまあ御無事で帰らはりましたなあー」

「あの坂道の手前に我が家があったんですが家族も誰もおりませんし、弱ってます」

と指を指しながら説明する。


「この辺は家の強制疎開があったとこですさかいに」

「なんですかその家の強制疎開いうのは」

「家が密集してところで火事が起きたときにお互いに燃え移らんようにどちらかを取り壊すんですがな」

「そうですか」

「詳しいことは区役所でお聞きになったらどないですか」

バスが来たのでその人は行ってしまった。外にも人が居たが皆はそれどころではないと知らん顔をしてバスに乗って行ってしまった。

仕方がないのでまた家のあった方に戻った。

家があった時は広いように思ったが焼け跡はそれほど広く感じない。

家は工場を含めて一四〇坪ほどあった。工場はその半分で主に木材の加工をしていた。その当時は加工前後の木材がいっぱいあった。谷町筋の道路に面して入口があり資材の積み出しを行っていた。その工場の裏手に自宅がある。南側に四〇坪ほどの小さな庭があった。松と桐の木があったことを思い出した。その間に小さな築山があった。


明日は区役所に行ってみようと思うがどこにあるかも分からない。

まるで浦島太郎みたいだった。

この辺は東区（現中央区）でたしか南の方の本町に区役所があったはずである。

行ってみるとコンクリート造りだったがここも焼けて外壁しか残っていなかった。

その横に木造のバラックの庁舎が建っている。

ここで天満橋の家の消息を聞いてみた。

「あの辺は終戦の年の三月の空襲で全部焼けましたね。家の強制疎開があったのはもっと北の方ですからあそこら辺は空襲があるまでは残っていましたよ。しかしその前に田舎へ疎開されていたのではありませんかね。ちょっと調べてみましょうか」

「資料は焼けてなかったのですか」

「一部は残っていました。しかし大半は焼けてしまいました。でも写しが市役所の方にあるかもしれませんので、一週間ほどお待ち下さい」

「しかし自宅は焼けているし、連絡のしようがありませんが」

係の者はしばらく考えていたが、

「御苦労ですが一週間ほどしたら、もう一度ここまで来て下さい」といった。


またとぼとぼと天満橋まで歩いて帰った。

貰った金もそんなに余裕があるわけではない。なけなしの金を使って八軒家浜の南にあるヤミ市でスイトンを食べた。うまいと思った。しかし明日からの住むところと仕事を探さなければならない。といっても当てがあるわけではない。

元の工場のあったところでがれきを整理し始めた。

いろんなものが出てきた。

二本の柱を固定するカスガイそれも束になったもの、カンナ、チョウナの刃、トロブネ、バール、左官コテ、スコヤ、タガネ、鋸など木の部分は燃えてなくなっているが金属の部分だけは残っていた。木の部分が殆ど残っていないということはかなりの火勢があったと思われる。カンナの刃や鋸は、玄人が使ういいものばかりであった。わずかに燃え残っていた木の部分には「大泉」の名前が彫込んであった。大工の泉田という意味である。

思い出の品を掘り出しては並べた。トロブネの中にそれらを詰めて眺めていた。

季節は初夏であったので日中は炎天下の割には朝方や夕方は涼しかった。夕立があるときなどは少し肌寒く感じることもある。冬になるまでに少なくとも雨風をしのぐことを考えなければならなかった。

付近を歩きまわってトタン板や看板の燃え残りを拾ってきた。風呂場のコンクリートの部分だけは残っていたので、その上に置いて屋根とした。その下で寝れば高さは一メートルもないが、とりあえずは雨はしのげる。


二日ほど経ったある日、道路にリヤカーを引いた一人の男が立っていた。

「これはどないしまんねん」と訊く。

「いや集めているだけです」

「使わへんのやったら売ってくれへんか」

「どないするんですか」

「溶かし直すんですがな」


なるほどそういう方法もあるなと思った。

今までそんなことは考えたことがなかった。


「いいですよ」

行雄が返事をすると、男は一円札を三枚をさし出した。

こんなにくれるのか。と思った。インフレが進んでおり、実際にはそれほど使いではなかったが。

「今、鉄が足らんのですわ。これを溶解炉で溶かし直して新しい鉄を作るんですわ」

「あんたがですか」

「いやいや。私は集めるだけです。溶解炉を持ってるところがありましてな。私はそこへ持っていくだけの卸みたいなもんですわ」

訊いてみると溶解炉は尼崎の方にあるらしい。しかしそこへはある程度まとまった量を持っていかないとだめらしい。

「まとまって持ってきてくれたら助かるんやけどなあ」

尼崎までは持っていけないがこの男は大阪駅のすぐ西の方の福島に店を持っているらしい。そこまでなら行ける。

この日から泉田は積極的に屑鉄を集め出した。

近所の焼け跡を歩きまわって拾い始めた。あるある小さなものばかりだが。

トタン板、雨どい、その留め金、金づち、ネジまわしそして一番多いのが釘である。現在のようにプラスチックがなかった分、殆どが鉄の製品だった。大きいものは折りたたみ、ぼろぼろの背嚢に詰めてほぼ毎日、福島まで運んだ。おおよそ、往復一〇キロメートルほどであるが、ビアク島のあのでこぼこの坂道をウロウロしていたことを考えれば大したことではなかった。

「こう毎日、毎日来てくれんでもよろしおまんがな」
「しかしあんまり溜まると運んでこれませんので」
「ほんなら大八車でも借りなはれ。区役所へ行ったら借りられまっせ。ある程度たまってから持ってきなはれ」

泉田は男の意見で大八車を借りた。また家の前に「屑鉄商　泉田行雄商店」と看板を出した。錆びた古いブリキ板に焼け残りの炭で書いた。

一家がどこかに疎開していたならきっとここを尋ねてくるはずだ。この看板を見れば行雄が帰ってきているのが分かるはずだ。必ずきてくれる。その日まで待とうと心に誓った。

十日ほど過ぎたので再び区役所に出かけた。

「調べたのですが市役所に残っていた写しは昭和十九年に作った分だけしか残っていませんでした。それによりますと昭和十八年の二月に二男の昭男さんが生まれています。ちゃんと届け出があります。お気の毒ですがお父様は十九年の二月に亡くなっています。死因までは分かりませんが、ちゃんと届け出があります。

そのあと疎開されたという記録はありませんのですが、その後の記録は区役所にしかなく、それが焼けていますので分かりません」

役人はどうしようもないといった顔で言った。この種の問合せはゴマンとあるらしい。

「十九年の終わり頃から疎開が続いていますのでどこかに行かれたのではないでしょうか。御親戚がどこかにおられませんか」

「都島の高倉町に叔母が居ましたが、それも疎開しており、連絡は取れていません。あとはまだ尋ねていませんが守口に伯父が居るはずですが」

高倉町の叔母は昭和二十年の三月に引っ越している。行先は分からない。そこは六月の空襲で焼けており、区役所の記録も焼けてしまっている。近所の人に訊いても知らないということだった。守口の伯父は父よりも十歳ほど年上で、訪ねて行ったが、これも十八年の秋に亡くなっていた。既に息子さんの代になっていた。この息子さんと泉田とは従兄弟になるが、泉田の親との付き合いは殆どなかったようで家族の消息は摑めなかった。

家の前の看板を見て、知らない人が凹んだアルミのヤカンや鍋を持ってきた。

「こんなんでも買うてくれるんやろか」

値段のつけ方を知らないのでいつも卸の男がつけている値段の三割引きを示した。金は何とか支払えた。屑鉄を持ってきてくれるので楽であったが支払う金が心配だった。

以後は自らも屑鉄を集め始めた。最初は近くの石町《こくまち》をウロウロと探したが次第に遠くへ行き始め、北浜の川の中の鉄クズなども引き上げ始めた。針金が多かった。また古釘も集めた。これは重さとしては大したことがなかったが曲った釘をまっすぐにして並べたらこんなものでも売れた。

秋が過ぎ冬が来ると錆びたブリキ板を屋根にして雨露だけでなく寒さにも備えた。しかしまだ寒さに慣れていなかったのか、辛い日々が続いた。無理もない。およそ三年近く、年中、夏の地に居たのだ。暑い気候に慣れきっている。堪らず焼け残りの木を集めて、がれきを重ねた火鉢のようなもので暖をとった。幸い燃料には困らなかった。そこらじゅうに薪はあった。しかし、徐々に大阪市は整備を始めて焼け残りの木を片づけ始めている。いつまでも今のようにはいかない。

この冬の寒さに凍え死ぬ浮浪児が出ている。殆どが戦災孤児だ。その頃彼等は地下鉄の通路や橋の下で夜を過ごしていたがそれでも死ぬ人間はいた。噂で聞いてもしや息子の信明が入っていないかと心配になり警察にも行ったがよく分からなかった。

親が空襲で死んで子供だけが生き残っていればありうる話である。信明なら七歳くらいになっている。二男の昭男は四歳になるかならぬかというところである。

もしそうならこんな寒空で生きていけないだろう。

しかしすでに死体は処理されてなにも分からなかった。警察もその浮浪児仲間から聞き出そうとしたが信頼できる情報は何一つなかった。

その仲間の年長者の話では天満橋の方から来た子供はいないようだったという。

行雄は息子たちが死んだという確証がない限り、その言葉を信じるしかなかった。きっとどこかで生きているはずだ。早く会いたい。顔を見たい。


泉田行雄商店は一年もしたらバラック小屋を建てることが出来た。天満橋駅の外部にある水道で汲んできた水で身体を洗い、料理をした。もっとも料理といってもヤミで手に入れたメリケン粉を水で溶いて焼くだけのものであったがこれでもビアク島での生活に比べればはるかに上等であった。何日も食べず、たまに口に入れるものといえばトカゲかカブト虫か雑草の茹でたものしかなかった。いつもビアクにいたその時のことを思い浮かべるので、全然苦にならなかった。

このような状態で更に二年待った。依然として家族の音沙汰はない。

この頃には主要な新聞の最終面で「尋ね人」という小さな欄があった。

戦地から帰ってきた人が家族の行方を捜したり、留守宅の人が出征した夫や子供たちの行方を尋ねまわっていた頃である。そういう人たちの消息を優先した。

行雄は何度か応募して一回掲載してもらったことがある。昭和二十四年のことだった。今では信じられないことだが掲載は無料だった。新聞社も社会的使命を感じていたのだろう。

新生日本のために尽くすのだという男気があった。

「帰ってきた。天満橋の元の家にいる。家族の連絡待つ。
大阪市東区　泉田行雄」

という長さ三センチほどの三行広告で今の求人広告と似たようなものだったが、行雄はこれに望みをかけた。

しかし待てど暮らせど何の手がかりも得られなかった。このたった一回の新聞の記事を見ていなければどうしようもない。

昭和二十五年の八月には朝鮮戦争が始まった。

日本は米軍の兵站基地としていろんな物資を供給した。

特に鉄が足りなかった。スクラップの値段が急騰し、泉田商店は好景気に恵まれた。朝鮮特需である。これを機にバラック小屋を作り直して屑鉄だけを扱うのではなく、新品の家庭用の金物、荒物まで取扱い始めた。水道を引いて小さな風呂場も作った。いつ家族が帰ってきても対応できるようにした。六畳と四畳半の畳の部屋も作った。

昔の家があったところには水道を引いていたので、そこを手直しして新しく水道も引き直した。

昭和二十八年の七月には朝鮮戦争も休戦協定により、事実上の終わりとなった。しかし、様々な業界には特需による勢いがまだ残っており休戦による景気の後退はあまりなかった。

街の復興も少しずつ始まった。

七　再会

大阪市の地下鉄の谷町線は昭和四十二年（1967年）に開通したが、工事は昭和三十六年ごろからの掘削工事から始まっている。その一年前に京阪電車の天満橋駅も西に移転して地下駅にするとともに、淀屋橋駅までの延線化のための地下工事が始まっており、二つの地下工事が重なっていた。

この頃の地下鉄工事は道路の上から順に下に向かって掘り進んでいく開削工法もまだ残ってはいたが、場所によってはシールド工法が主流になりつつあった。この工法なら地下深くでモグラのように掘り進んでいくだけなので道路の上は普通に車が通れるし、地下で工事をしていることが分からない。

この手法はすでに十九世紀にイギリスで始まり徐々に世界中の大都市で広まっていった。地盤が弱かったり、地上に大きな建物や川があればさらにその下を掘らねばならず、このような方法しか残っていなかった。日本でもすでに戦前に関門トンネルや東京の地下鉄工事で採用されている。戦後すぐに、名古屋の地下鉄工事でもこの方法が用いられている。

特に谷町線は大川（旧淀川）の下を通るのでこのシールド工法が採用された。天満橋駅の南側までは大阪の上町台地が延びてその北の端であったので地盤もしっかりしていた。しかし天満橋駅付近やそこから西の方は、大昔は大川の川底であったこともあり、軟弱地盤のためこの方法が適していた。

しかしこの頃のシールド工法というのは現在のように鋼製円筒を外殻とするシールド機の先端部にカッターがついた大口径のディスクが回転するタイプではなかった。二階建てになったシールド機の中に人が入り削岩機などで手掘りをしながら油圧で推進するという方法である。地下深くで掘り進んでいくとはいえこのシールド機を最初に地下に入れるためには大きな竪坑が必要となる。竪坑は地面の上から掘削していくしかない。

当然ながらその付近の地上は道路が狭くなる。もともとこの谷町筋は両側に家がせまっており狭かった。泉田の家は谷町筋と土佐堀通りが交差するところの南側であったがそこに地下工事の基点となる竪坑が作られた。

同時にこの部分の地上の交通を円滑にするために西側の道路の拡幅が計画された。行雄の家も道路の拡幅のために立ち退きを迫られた。店は工場の跡に作っていたので後ろの方すなわち西の方に六間ほど移転した。もとより店は簡単な建て方だったたし、立ち退き料も出してくれるというので二つ返事で承諾した。

元の家は谷町筋の道路の方すなわち東に向かって工場があり、その間口は五間くらいで奥行きは深く、西に向かって十四間もあった。工場の南の方は道路に向かって間口が五間ほど、奥行きが四間の庭があり、その西側に二階建ての自宅があった。

庭には桐と松が植わっていた。真ん中に奥にある自宅への通路があり、高さが六〇センチくらいのなだらかな築山があった。そこに工場で出た木屑や廃材を燃やしていた小さな焼却炉が置いてあった筈である。もちろん今は焼却炉も桐も松もない。桐と松は、おそらく空襲の火災でもえてしまったのであろう。火の勢いが強かったのか根本付近まで燃え尽きたみたいだ。築山の部分も平坦になっている。

ここからは南に向かって登り坂になっている。

竪坑はシールド機を地下に埋め込むためかなり大きいものだった。掘り出した土砂を地上に出すためのコンベアーや作業員用のエレベーターもついていたし、ダンプカーの駐車スペースも確保しなければいけなかったためである。

この竪坑の周囲を開削して地上から掘り進んでいかねばならない。

道路も下には水道管、下水管、ガス管などがあるので矢板を打ち込む前に試削していく。この頃はまだ長さのある矢板は作っていなかったので、一段目の矢板を打ち込んで地表面の土留めをすると、その内側すなわち地下鉄を通す側に少し間を開けて新しい矢板をさらにもう一段深く、打ちこんでいく。工事中の交通を確保するために、同時に周辺の道路も広げていく。

最初の掘削は手掘りである。人夫がツルハシで用心深く掘っていく。行雄はビアクでの滑走路作りを思い出した。水道管やガス管は地表から一メートルもないが、下水管はもっと深い。

埋設物が何もなければ鋼矢板を打ち込む。

前にあった店の方では道路の掘削工事が始まった。大きな重機が地表面を剥いでいく。行雄は遠くからそれを見ていた。

あの頃、こんな機械があればビアクの飛行場など苦もなく出来たのにと思っていた。

作業員が集まっている。何かを掘り出したらしい。昔の庭があった方だった。

工事監督が報告にきた。

「骨が出てきました」

深さは地面から二メートルもないという。

あわてて掘削現場にいった。

なんでこんなところに?

しばらくして警察もやってきた。

大勢の人間が集まってきた。

「戦時中の防空壕の後ですかね」

派出所の巡査は「ふーん」と言いながらバラバラの骨が並んでいるのを見てそういった。重機が砕いてしまったようである。

「昭和十九年頃から政府の指導で防空壕造りが始まっていますからねえ」

そういいながら手帳らしきものに現場の状況を書き込んでいた。

「詳しく調べますので、ここは触らないようにしてください」

そういいながら派出所に電話をかけにいった。

最初に来た巡査と刑事が三人やってきた。二人は若く、一人は少し年を取っていた。

刑事はまわりの土も数点、紙袋に入れている。

「あなたはここに住んでいる方ですか?」

「ええ。ここは私の家でした」

「でした?」

警察というのは疑りぶかい。じっと目を見つめている。

「お名前は?」

「泉田行雄です」刑事は行雄の全身をじろじろと舐めるように見つめている。

「証明するものは？」

「そんなものありません」

「いつごろから住んでいるんや？」ちょっと言い方が雑になってきた。

「二十一年ごろかな。まあ大体そのへんや」刑事の言い方が気にいらないのでこちらも言い方を変えた。

「殺して埋めたらちょうど白骨になる頃や」

「おい。そらどういう意味や」そのあたりになってようやく自分が殺人犯扱いされているのが分かった。

「この骨が誰なんか調べるのがあんたらの仕事やろ」

とうとう声が大きくなってしまった。

「今、調べてる最中や。お前が誰かを調べるのも仕事や」

「お前とは誰に向かっていうてるんや」

元は帝国陸軍の伍長である。命を賭けて戦地を彷徨ってきたのである。お前のような若造に偉そうにされてたまるか。頭にきた。

「まあまあ。冷静に」

もう一人のやや年配の刑事が中に割って入った。

「まあ気イ悪うせんといてや。これが刑事ですねん。・・・」

「あんさんは戦地に行ってはったんですか」

「そうです。二十一年に帰ってきたんです」

「どこ行ってはったんですか？」

「ニューギニアです」

「へえー。よう生きて帰れましたなあ。部隊は全滅やなかったんですか？」

幸か不幸か、捕虜になったから生きて帰れたがそれは言いたくない。

「ええまあ、ほぼ全滅でした」

「そうですか。それはそれはどうも失礼しました」

ここまで説明して、ようやく先ほどの刑事も言い過ぎたと思っていたのか頭を下げた。

「帰ってきたら周りは燃えて何もないでしょ。家族の消息も全然分かりませんし、途方に暮れています」

「区役所に言いましたか？」

「そらまあもちろん。しかし、住民票やら何やら全部燃えてしもうて」

「疎開されたんと違いますか?」

これまでのいきさつをかいつまんで話した。

「十五年間も待ちましたが、全く音沙汰がありません」

刑事たちはようやく事情が呑み込めたようだ。

「家族のものでなければいいのですが」

「いえいえ、まだこれらがご家族のものかどうかは分かりません。明日は鑑識も来てもらいますが、しばらくこのままにしておいてください」

工事監督は困惑していた。警察の調査が終わるまで工事は中止である。

翌日、鑑識の人間三人が新たに加わった。そして慎重に周りを掘り始めた。彼らは写真を撮ると同時に詳しいスケッチをした。同時にすべての骨と周りの土を持ち去った。

出てきた人骨は五人から六人分であるという。二人目の子供も昭和十八年には生まれているはずだから、昭和三十七年まで生きていれば大人である。父親は死んでいるから、残っていた家族は全部で四人である。これも全部刑事に説明した。

警察は熱心に調べた。その頃は珍しい話ではなかったそうだがまずは殺人事件として調べた。工場での事故による死亡災害ですら、そこに殺人などの犯罪の兆候がないか調べるほどである。警察のセオリーであるみたいだ。

それなら放置しておくわけにはいかないからである。

鑑識だけでは埒《らち》が明かないので、肥後橋の西にある大学の医学部の法医学研究室で調べてもらうことになったようだ。

一か月ほどして結果が分かった。その頃ではまだDNAによる検査などは確立されていない。まず血液検査から始めることにした。しかし、白骨化した骨では何もわからないが、すべての骨が燃えたわけではない。残った骨の内部にはまだ完全に乾燥していない骨髄がへばりついている。そのわずかに残る骨髄から血液型を推定しようというのである。

頭蓋骨も残っていたがその内部には骨髄は少なく主に手足の骨から抽出した。

骨を割ってその中心部の骨髄を慎重にピンセットで掻きだし生理食塩水や薄いアルコールに溶かす。骨髄がなくなっているか、乾燥している場合は骨を砕きそれごと抽出する。うまくいけばこれでＡＢＯ型の血液型を推定できる。

先生の意見ではこの方法はあまり正確ではなく、学会でもまだ認められていないそうだ。通常の血液検査よりもサンプルの量が少ないため精度がもう一つであるのが難点であったからである。しかし、証拠品はこれしかない。やるしかない。どこまで分析できるか分からないのであくまでも推定ということだった。

六人の骨は性別と身長は不明であったが四人が大人、残りの二人は小学生くらいの子供と更にもっと小さな子どもと見受けられる。大人の骨からはA型一人とB型二人が、残りの人間と子供と見られる骨の血液型は分からなかった。風化が進んでいたみたいだ。死亡年月も不明である。

行雄の血液型はB型であった。

刑事は悩んだ。この問題をどうやって解けばよいのか。決定的な証拠がない。警察は確実な証拠がないと結論は出さない。

しかし、行雄は分かっていた。間違いなかった。家族だ。肉親の直感である。どの血液型と被災者とが対応するかなどということは警察にとっては重大事であろうが行雄にとってはそんなことはどうでもよかった。

工場の建物の横から出てきた人骨である。おそらくは庭に作った防空壕と考えられる。そこに近所の人が入っていたのだろう。そうとしか考えられない。都会では防空壕を共同で使っていることが多かったからである。

警察の推定では防空壕に逃げ込んだ六人に空襲の劫火が襲った。周囲の高熱で壕全体が蒸し焼きになった。着ていた衣服も焼けたのであろう。その証拠に一部の骨は焼けている。またその周囲の土も焼けた跡が残っている。

特に入り口付近の土の焼け方が激しかったみたいだ。壕の内部を支えている木材は炭焼きのように一部炭化している。完全に燃えていないのだ。酸欠状態のまま高温に曝されたみたいだ。

この防空壕は深くは掘っていない。入口もひとつしかない。焼け死ぬ前に酸欠状態で窒息死したのか。それとも生きながら焼け死んだのか。それであればまさにビアクの洞窟での惨状と同じだ。想像だにしたくない。兵隊であっても悔しいが、兵隊でもないのに家族がなんでこんな目に会わねばならないのか。

戦争が恨めしかった。

防空壕が焼けたのが昭和二十年三月とすると、すでに十七年が経過している。家族と別れてから十九年になる。

完全に密封状態であれば遺体はそのままの状態で残っていたかもしれないが、雨水も浸み込んで風化が進む。遺体は焼けなくとも三年もすれば白骨化する。

胸につけた名札も完全になくなり、今のような状態になってしまった。小さな骨は殆ど灰に近かった。血液型と行雄の家族との対応はこれだけの情報では明確に出来なかった。他の二人は泉田の家の人に加えて多分、近所の人と推定された。

皮肉な運命である。長年探し続けて何の手がかりも摑めなかったが、足元に居たのだ。

間違いなく、昭和二十年三月の大空襲で死んだのであろう。

家族がどこかにいるかもしれないということでこれまで頑張ってきたのに。

青春のすべてを国にささげ、九死に一生を得て帰ってきた挙句がこれか。

身体中の力がぬけていった。帰国してからでも十六年は経っていた。

信明は生きていれば成人式を迎える頃だ。二人目の昭男とは一度も顔を会わすことなく、彼は旅立っていった。

写真だけでもよい。一度だけでもいいから顔を見たかった。

妻の正子は苦労していたであろう。かわいそうに。幸せを味あわせてやりたかった。自分は家族のために何をしてきたであろうかと思った。

しばらく中断していた地下鉄の工事と道路の拡幅工事は再び進められていった。出てきた骨は無縁仏も一緒に庭があったところに小さな墓を作り、手厚く葬った。俺にできるのはこれくらいだ。

向こうで仲よく暮らしてくれ。どうか冥土で幸せに暮らしてくれ。

数日経って、あの時の刑事が墓参りに来てくれた。考えてみれば彼らにはいろいろと世話になった。刑事たちは完全解決ではなかったので申し訳ないとは言ってくれた。しかし、ここまでで十分であった。全く何も分からないのではなかった。ようやく家族の消息が分かり、墓までは作ることは出来たのである。悲しいし、悔しいが徐々に納得していった。

八　再訪

昭和二十七年には政府による遺骨収集事業が始まっている。それからでも十年は経過している。しかしまだまだ一部しか終わっていない。北はカラフト、アリューシャン列島、シベリアから中国、ビルマ、インドネシアそしてニューギニアまで拡がっている。戦闘地域が如何に広範囲に亘っていたかが分かる。また、東南アジアのいくつかの国では日本政府に対する警戒心が強く、簡単に遺骨収集事業への協力はしてくれなかった。

しかも、遺族会による慰霊訪問はまだ始まっていなかった。行雄は遺族会ではなく厚生省に対して遺骨収集団に参加したいと何度か交渉してようやく認めてもらった。もう家族のいない日本には何の未練もなかった。懇意にしている親戚も友もない。十二月には店をたたんだ。警察にも挨拶に行った。あの時に来た刑事たちは

「そうですか。お役に立てずに申し訳ありませんでした」といった。

「いえ。爆撃でやられて家は跡形もなくなりましたが、骨だけでも出てきましたからそれだけでもまだましです。それにあそこまでしていただいたのですから、あれで十分です。有難うございました」本当にそう思っていた。

「店をたたんでこれからどうされるんですか」

「今はどうなっているか分かりませんが、ビアク島へ行って遺骨の収集のお手伝いをするつもりです。亡くなった戦友の霊を弔いたいと思っています」

「そうですか。ご無事をお祈りします。どうかお元気で」

土地も店も思っていたよりも高く売れた。行雄はその金でもう一度ビアクへ行くことにした。あの洞窟の中で苦しんで死んでいった戦友を是非、弔いたかった。病没もあったが肉弾攻撃で一片の肉となり散っていった戦友も多い。彼等は帰国を夢見ながら死んでいった。

自分は幸いにも生き延びただけではなく、帰国までした。それを考えると居ても立ってもおられない。多少の金がかかってもかまわない。全財産をはたいても行きたい。あの地獄の中から生き延びたのである。今はもう何も怖くはない。

もう失うものは何ひとつない。

政府の遺骨収集団はいろんなところに出かけているが各収集団は一か所だけを回る

のではない。行雄は西部ニューギニア遺骨収集団に参加した。超党派の国会議員や大阪府議会の議員などが駆け回ってくれた。政治家というのは利権の獲得しか眼中にないのかと思っていたがこういう人たちもいるのだ。国会議員の中には国民の人気取りのための派手な活動ばかりする人が多いが、戦争遺族のために地道に動く人もいた。

その頃はインドネシアでは民族独立戦線というゲリラ部隊がいたが、政治家は現地政府に特別な保護を求めていた。

行雄は大阪からであったが一行は一度、羽田に集まっていくことにしたので夜行列車で羽田まで出てきた。一行は総勢二十二名であった。

希望者もいたので靖国神社に出向き、出発の報告と戦没者への慰霊も行った。靖国神社の拝殿に初めて入った。国会議員の紹介もあったため、ここまで入れたのである。多くの戦友はここに祀られている筈である。自分もここに入っていたかもしれない。

羽田空港からはまず香港に飛び、そこからインドネシアのジャカルタに向かった。ジャカルタには真夜中に着いた。早朝にジャカルタから国内航空のガルーダインドネシア航空でセレベス島（現スラウェシ島）の南のマカッサル空港に降り立ち一部の人はここで二週間ほどを過ごす。ここに着いたのは昼過ぎであった。二日目の夜をここで過ごした。

残りの人間のうち一部はニューギニア本島の北のジャヤプラ（昔のホーランジャ）でここを中心にまた二週間弱を過ごす。ここは戦死者が東からウエワク、アイタペ、ホーランジャ、サルミと広範囲に散らばっている。白骨街道と呼ばれたところである。二週間ではとても足りないが予算の問題もあり仕方がない。

ホテルで朝食を摂ってから飛行機に乗るのであるが毎回、飛行機の中でサンドイッチのようなものが出る。とても食べ切れないのでリュックのなかに詰め込んだ。飢餓の経験をしてきたから、捨てたり残すなんてことはしない。まずもったいないと思ってしまう。

ミネラルウォーターも毎回渡される。毎回二本も渡されるのでこれもリュックに詰め込む。水当たりを心配してくれているのだが、なあにあの頃はくさった水や泥水も飲んでいたのだ。他の連中と一緒にしないでほしい。

ジャヤプラに着いてから更に一部はビアクに向かう。ビアクでは滞在は六日間である。行雄は二十年ぶりであった。着いたのはビアク国際空港となっているが、昔のモクメル飛行場であった。但し、滑走路はきれいに舗装されはるかに大きくなっている。ここから一度ホテルで旅装を解き、まずはシャワーを浴びる。昼間ではあったが旅の疲れもあり、ここでしばし寝る。夕方に起きて食事をしながら、明日からの予定を聞かされる。シャワーしかなかったがきれいなホテルだった。

このホテルでのナシゴレンは美味かった。

翌朝、食事がすむと一行五名はマイクロバスのような車に乗り、モクメルに向かう。この小さな島だけでも日本兵は一万人以上が死んでいる。全島を回りたいがそれは不可能なので今回は西洞窟付近だけになっている。

通称、モクメル坂と呼ばれた坂道の途中には飛行場を見下ろせる台地がある。

ここに日本軍の高射砲の残骸が二台残っていた。さらに行くと洞窟前の広場があった。ここにも破壊された軽戦車が残っていた。近くに砲弾の薬きょうが並んでいる。薬きょうは日本軍だけのものではなく米軍のものもある。

土地の人が散らばっていたのを整理してくれたのである。その頃は政府首脳が親日家でもあったのでそのお声がかりがあり、それも影響している。

ここでバスを降りて徒歩で行く。

いよいよ洞窟である。緊張した。一番大きな入口から入る。あの強烈な臭いはどうなっているか。立派なコンクリートの階段がついている。手すりもついている。この急な坂を我々は雑木の丸い枝で階段を作っていた。結構、高さがあった。こんなところを仲間の死体を担いで登っていったのか。

階段を下りたところは広場でまだゆるい斜面があった。その右の方は少し高台になっているのは昔と変わらなかった。ここに野戦飛行場設定隊の宿舎というか居場所があった。その上には木造の二階建ての司令部があった。

広場の左の方は大きく、第二二二連隊の兵の大半が住んでいた場所でその奥は思い出すのも嫌な多数の死体が転がっているところであった。戦闘が終わった後、米軍は日本兵の死体を片づけたらしく死体は勿論、骨も残っていない。

その上は最後の戦闘で敵の一トン爆弾で開けられた大きな穴があり、ジャングルが見えて明るくなっている。その奥を懐中電灯で照らしたが光は届かなかった。

当時は天井から落ちてくる水滴があったが今はないようだ。下の地面を見れば分かる。乾いている。あの時は「杓底一残水」の心境で水を集めたが。

一旦、洞窟を出て北の方にあった支隊本部の近くの天水山に向かう。この手前で仲間の死体を埋めた。その時は木の葉を被せただけであった。少し掘ると出てきた。鉄兜を被った頭蓋骨も。しかも続々と。

一行は持参した遺骨用のスーツケースに入れていった。遺骨を壊さぬように小さなスコップで掻きだすので1日に掘りだせるのは五から七柱程度であった。遺骨収集団の人の多くは親兄弟をここで失った人たちである。勿論、悲しいことは悲しいだろうが今は臭いがしなくなった白骨を見ているだけである。しかも誰の骨かも分からない。おそらく肉親だという実感はないだろう。

しかし、行雄は違った。洞窟に帰っても処理しきれない死体が山のようにあったのである。毎日、毎日陰惨な気分で過ごしていた。自分もいつこのようになるかもしれないという気持ちがあったので死を恐れる事はなかったが、じり貧で死んでいくのがむなしかったし悔しかった。

あの時はもうすぐ友軍が助けに来てくれると思えばこそ、地獄の中でもわずかな希望を持ち続けて頑張った。

今は生きているのがむなしくなってきた。これからなにをして生きていけばよいのか分からない。天涯孤独だ。むしろあちらの方には父母も子供もいる。一度もあっていない子供もいる。顔を見たい。

天水山の近くで遺骨を集めている人たちを残して、行雄はひとりジャングルに入り周りを見渡していた。こんなところを何度もウロウロしていたのか。

やはり気になってもう一度、行雄だけ洞窟に戻ってみた。

湿った階段をゆっくりと下りる。

右側の高台の方も、左の広場の方も上の穴からの光でぼんやり見える。

しばらくするとその光が夕日が沈む時のようにように、だんだんと消えていく。

足下にビール瓶のかけらが半分ほど土に埋まっている。

いつの間にか、高台の方も広場の方もあの大きな穴が塞がっている。

以前のように糞尿と死体の臭いが漂い始めた。

敵がほうりこんだガソリンの入ったドラム缶に火がついて爆発したとき、行雄は鍾乳石の影に逃げ込んだ。中井は飛行場設定隊の方に居たので大やけどを負ったが命はあった。しかし動けなかった。

彼は横になったままで、飯盞の中蓋を手に持って「水、水」といっている。

行雄はリュックの中のミネラルウォーターを取出し、注いでやった。

きれいな水だ。

うまそうに飲む。

また注いでやる。飛行機の中で貰ったサンドイッチも出した。

震える手で食べている。

「俺は今、十分食べている。心配せずに全部、食え」

返事の代わりにうなずいている。

中井の目には涙が浮かんでいる。

「済まなかった。もっと早く来ればよかった」

「家族の行方を捜していたんだ。空襲で残らず死んでいたよ」

「辛いだろうが生きろ。自決なんかするな」

遺骨収集団の世話係は泉田がいなくなったので心配して洞窟まで捜しにきた。

洞窟の広場のところで懐中電灯もつけずに、泉田が一人でブツブツ言っている。

「泉田さん?」

振り返った瞬間、穴の方から洞窟の中に光が差し込んだ。

目の前には中井はおらず、飯盒の蓋もあのイヤな臭いも消えていた。

「何をされていたのですか」

「いや」すぐには答えられなかった。

しばらくしてやっと返事をした。

「昔を思い出していました」

「こんなところで頑張っておられたのですね」

答える言葉が見つからず、頷いただけであった。

「ここには遺骨がありませんね」

「以前にインドネシア政府が片づけてくれましてね。ありがたいことです」

そう言いながらその人は泉田が正気なのかどうか心配した。

ここまで来てノイローゼになられたら責任問題だ。

「今日はあと一時間ほどで終わりますので、またあちらの方に来て下さいね」

「分かりました。どうも勝手してすいませんでした」

その人が洞窟を出ていったのを見たあと泉田は残っていたミネラルウォーターを全部洞窟の地面に撒いた。

ただの水だが、あの頃はこの水さえも貴重だったのだ。

渇いていた地面はたちまち水を吸い込んだ。みんなは飲んでくれたのだ。

泉田はこれで長年の胸のつかえが取れたような気がした。

みんな安らかに眠ってくれ。

すべては終わったよ。

ここまで来てよかったと思った。

もう来ることはないだろう。行雄は洞窟の中を覚え込むようにもう一度見まわした。

多くの仲間はたしかにここで生きていたのだ。

別れの日は来た。

十人乗りの小さなプロペラ機でビアクの飛行場を飛び立った時、ワルド河であろうか、黄土色の水が濃い緑のジャングルの中を流れ、海に注いでいるのが見える。

泉田はそれをずっと眺めていた。

完

参考文献

一．『玉砕ビアク島』学ばざる軍隊　帝国陸軍の戦争　田村洋三
株式会社光人社　二〇〇〇年六月
二．『地獄の戦場ニューギニア戦記』　間嶋　満
株式会社光人社　二〇〇三年一二月
三．『悲しき戦記（全）』　川島　裕
株式会社光人社　一九九三年一〇月
四．『兵隊蟻の五〇〇〇キロ』鎮魂　遥かなるニューギニア　三橋國民
NHK出版　二〇一五年七月
五．『あの戦争は何だったのか』　保阪正康

六、写真集『鎮魂70年目の夏』　三橋國民　株式会社新潮社　二〇〇五年七月
町田市立博物館
七、『死の島ニューギニア』　尾川　正二　株式会社光人社　二〇〇四年七月
八、『写真で見る大阪空襲』　財団法人　大阪国際平和センター
ピースおおさか　二〇一一年三月

著者プロフィール

東 洵（あずま まこと）

昭和18年（1943年）生まれ
出身　大阪府
学歴　福井大学応用物理学科卒
職歴　松下電器、神戸製鋼所
既刊　『空襲』（文芸社　2017年）
　　　『水郷に生きて』（星雲社　2018年）
　　　『春嶽と雪江』（郁朋社　2020年）
　　　『小説　ルーツ』（郁朋社　2020年）
　　　『いっぺん言うてみたかった』（KGB77名義）（郁朋社　2021年）

小説　ビアク島

2022年2月15日　初版第1刷発行

著　者　東 洵
発行者　瓜谷 綱延
発行所　株式会社文芸社
〒160-0022　東京都新宿区新宿1－10－1
電話　03-5369-3060（代表）
03-5369-2299（販売）

印　刷　株式会社文芸社
製本所　株式会社MOTOMURA

ISBN978-4-286-23253-9